다시

만날 수 있어서

참 많이 고맙습니다.

노희경입니다.
2015. 1. 8

此刻不爱的人，都有罪

[韩] 卢熙京 作品

江苏凤凰文艺出版社
JIANGSU PHOENIX LITERATURE AND ART PUBLISHING, LTD

图书在版编目（CIP）数据

此刻不爱的人，都有罪 / (韩) 卢熙京著；熊懿桦译. -- 南京：江苏凤凰文艺出版社，2016
ISBN 978-7-5399-9626-4

Ⅰ. ①此… Ⅱ. ①卢… ②熊… Ⅲ. ①散文集－韩国－现代 Ⅳ. ①I312.665

中国版本图书馆CIP数据核字(2016)第214958号

著作权合同登记号 图字：10-2016-289

书　　名	此刻不爱的人，都有罪
作　　者	卢熙京
责任编辑	邹晓燕　黄孝阳
出版发行	凤凰出版传媒股份有限公司 江苏凤凰文艺出版社
出版社地址	南京市中央路 165 号，邮编：210009
出版社网址	http://www.jswenyi.com
发　　行	北京时代华语图书股份有限公司　010-83670231
经　　销	凤凰出版传媒股份有限公司
印　　刷	北京尚唐印刷包装有限公司
开　　本	880 × 1230 毫米　1/32
印　　张	6.5
字　　数	100 千字
版　　次	2016 年 11 月第 1 版　2016 年 11 月第 1 次印刷
标准书号	ISBN 978-7-5399-9626-4
定　　价	39.80 元

序　言

十年来，一有机会我便会写作，有些只是为了不让自己忘记文字而写，有些是为了将某些事记得更清楚而写，有些是为了传达感谢之情而写，不知不觉，已经累积到了一本书的分量。有了集结成册出版的计划后，我再次仔细阅读了一遍，发现有许多都是不知所云、极度缺乏思考的文章。原本我犹豫着是否要删掉，但最后仍保留了下来，反正，我现在所写的文章，等日后再回过头来看时，一定也会像现在看以前的文章一样，令我感到脸红耳赤。上了年纪之后有个好处，说难听点就是：我的脸皮变厚了。说好听点就是：我体会到任何成就和过错，都会时过境迁，变得一文不值。

我总是攀附在导演的背上，倚靠着演员们的肩膀，紧紧抓住工作人员的手脚，一步一步地往前迈进，仿佛上演一场内心独白戏。在写作的过程中，对于他们参与连续剧工作的辛苦，再次涌上感恩之情。啊！活得真像个受众人帮助的乞丐！想靠文字为生，简直是痴人说梦话。

谨以此书献给我心爱的侄儿们——奉修、始明、庆熙、小乙、始珍和润雅。对于我这个不完美的姑姑、自私的姑姑、幼稚得像个孩子一样的姑姑、没有同理心的姑姑，恳切地希望你们能学到好的优点，而非那糟糕的短处。

卢熙京

目录

第二部 真的很温暖的话语

第三部 再爱久一点

第四部 人生不会再重来

○ **第1部** ○

对已逝之爱的忏悔

现在我要坦承，我对你付出的纯情，早在二十岁时，就深深地埋进了心底。但我为何只字不提？因为我认为，变心是一项重罪，这愚蠢的想法，维持了很长的一段时光，所以才这么折磨你，更是折磨我自己。

此刻
不爱的人，
都有罪

我曾经有强烈的自我保护本能，并且深受其扰，陷入情网时，这种困扰更加明显。我在爱一个人的同时，也无时无刻保留着让自己得以脱身喘息的空间，从不曾说过：“我对你的爱至死不渝、直到永远，我对你的思念几近疯狂！”

对我而言，爱情犹如未添加防腐剂、容易变质的面包；犹如季节，必定会消逝离去；犹如年迈老人的生活，不像年轻时那样富有活力。

曾经我认为，无法实现的承诺，就别轻易说出口了吧！承诺一旦说出口，可能会变成自己的枷锁。就轻松地去爱，简单地去爱。就单纯地说“我想你”“我现在很爱你”，不断向对方和自己洗脑：“一切都可能会改变。”如此一来，分手时不需要哭闹不休，只要潇洒地道声再见。

我曾经认为，这样才是对的，才能不伤到自己，也不会伤到对方。然而有一天，一个念头蓦地闪过脑中——你，这样活着，真的幸福吗？

我不幸福。因为没有爱得轰轰烈烈，找不到激情的感觉；因为不相信永远，总是很快画下句点；因为不曾疯狂地思念过一个人，也没有任何人疯狂地思念着我。因此，我不快乐。

我认识一个女孩，每一段恋情她总是用尽生命去爱。起初，她将自己所有能够拥有的时间全都给了他，接着，又给了他未来、身体和心灵。我认为她太盲目，忧心她倾尽所有，如果结局不如意该怎么承受。然而，令我没想到的是，即使付出全部，在分手的时候那女孩也没有倒下，仍旧带着灿烂的笑容，投入下一段爱情。

她对我说："摒弃自己，爱就来了。"她付出了自己，得到了爱情。而我为了保护自己，就只剩徒增年龄。

从某种意义上说，不爱的人，都有罪。因为遗弃了一个可以恋爱的对象，所以我没有辩解的权利。这个冬季，我依旧被困在宛如牢狱的房子里，以赎罪的心情，写下这份自省。

即使你三十年来，
都没谈过一场恋爱，
即使你用心经营了三百天的爱情，
仍以分手作为结局，
也没关系，
因为，重新感受到爱情的悸动，
只是一瞬间的事。

韩剧《没关系，是爱情啊》

谢谢你抛弃我
——二十年后，献给初恋的信

献给可能为我的纯情所伤的——我的初恋。

现在，放下对你的无尽埋怨后，我才有了忏悔的勇气，对你说声抱歉。我为何需要这么久的时间，才能将这一句“抱歉”说出口呢？是我的高傲太过根深蒂固了吗？不，是我太过顾影自怜了。随着年岁增长的，并非只有皱纹，还有人生必须承担的伤痛，如青春痘般不可避免，没有人可以例外。

然而，当时的我，并不明白这个道理。和你共同经历的一切，是那么特别，因此当我大吵大闹时，并没有意识到自己是在无理取闹。而那时的你，真的十分冷静，像一颗温热的石头。如今我才明白，那时的生气和怨恨，是多么幼稚而可笑。

谢谢你，抛弃了我。

写下这些文字的时候，我突然害怕了起来。你不像我这般激动、焦急、迫切，我却总是用这样的方式伤害你，说你太自以为是、太瞧不起人。甚至在对你说出这种话之后，还要补上一句“真是谢谢你啊”，笑着捅上了一刀。现在，请你不要回忆当年的我，以及那段让你觉得窒息的日子。但也请你别急着把这封信扔到角落里，连看都不看。岁月会变，人亦如是。我变了，如今的我，再无任何力气去纠缠你，就请你静静地听我说吧！谢谢你，真的，谢谢你抛弃了我。

和你分手至今，已过了二十年。

这二十年的岁月里，我确切地体会到，不能随便使用“真实”或“事实”这类字眼，也领悟到，有些记忆可能是出于我的私心而编造出来的。或许，现在我要说的这个关于我们两人之间的故事，可能又是我自己的臆想，与你毫无关系。因此，假如我的阐述并非你真正的本意，也请你一笑而过。

二十岁那年的冬天，我被你抛弃，于是我给你贴上了背叛者的标签。当时我们每天通电话，每隔一天见一次面，就算只是普通的触碰而非亲密接触，也会有一股电流直蹿发梢。然而，你却突然中止了一切，电话不接，信息也不回，见面时也明显变得冷淡了许多。我做错了什么呢？我剧本里的主角都有十足的勇气追问对方，但我却不敢问你，我没有勇气承认我的过错。真蠢！明明我就有那份傲气，将自己所爱的人，转变成憎恨的对象。

那是一个夜色深沉的冬夜，我主动去找已经很久都没有消息的你，赤裸的脚上只穿着拖鞋，身上也只穿着单薄的运动休闲服。二十年来，我都在为当年的行为找借口，说自己当时只是因为太焦急、太悲痛了，然而现在我愿意承认，当时我是想……伤害你。

我是如此纯情，但是你却抛弃了我，既然如此，我就凄惨落魄给你看，要你清清楚楚地记住，这个本该一直陪伴在你身旁的柔弱女孩，却因你的一句“只是生命中的过客”而受到了怎样的伤害。那个下雪天，我在你家门前瑟瑟发抖守了一夜，你从二楼窗口愣愣地望着我，然后拉上了窗帘。几个月后，我接到了你的电话。

“我一直想告诉你，我上大学了。”

你有气无力的低语，充满了对我的愧疚感。相反，我的声音是多么洪亮啊！

“那真是太好了。”

我笑了。就算继续交往一阵子再分手，又有什么用呢？然而我之后的行为更是可笑至极，和你分手后，为了“报复”你，我立即和别人开始交往。后来再次遇见你时，又忍不住对你说：“偶尔，我还是会想起你。”当时你一脸歉疚地看着我，显露出深深自责的表情。

我很开心，因为你和我分手后，一直摇摆不定。因为在你眼中，我是纯情的。

接着，又过了五六年，我再次遇见了你，你依旧摇摆不定，依旧对我感到抱歉。那时我对你说：“现在我们是朋友了。”我说自己已经克服一切，将对你的感情升华为友情，又自以

为是地训诫你:“你为什么要那样生活？不能用别的方式吗？”不知你是否还记得这些，但是当时的情景我依然历历在目。接着，又过了很多年，来到了现在。

我，对不起你。

现在我要坦承，我对你付出的纯情，早在二十岁时，就深深地埋进了心底。但我为何只字不提？因为我认为，变心是一项重罪，这愚蠢的想法，维持了很长的一段时光，所以才这么折磨你，更是折磨我自己。即使和你分手后有过几段恋情，我在他们面前，依旧只摆出我曾对你展现过的纯情姿态，净说些幼稚话语。

“我心里才没有你，哼！”

真是该死！为何我嘴上这样说，却又和他们一起旅行、交换悸动的眼神，甚至感到如电击般的酥麻感呢？那时我就是这样的女孩。

现在，请你一定要抛开对我的愧疚感。在爱情里，没有所谓的背叛，因为爱情不是交易，若双方之中有一方变心，这段关系理所当然就该被斩断，不需要感到抱歉。如果因为自己的意志不坚定而感到后悔，只需在下一段感情中，更为专情即可。所以，抛开你的罪恶感吧！

对于已经毫无感觉的恋人，岂能再继续拴在身边？这是连四十岁都难以做到的事，更别说乳臭未干的二十岁少年了。你没有错，或许，我们全都半斤八两，就算继续在一起，也不会坚持太长时间。就算早早就变了心，但与一辈子相比，也不过是一刹那的时间罢了。一切都是一种过程，因此，都没关系。现在，我期待着再度与你相遇的日子。我殷切地盼望，能与你笑着回忆那段我用残酷举动伪装纯情的日子，而不再有伤心。假如无法再相遇，愿你好好地生活。还有，不必为我担心，我很幸福。

爱情，不是只有快乐；

爱情，不是那么小心眼；

爱情，还教人学会了憎恨、悲伤，

甚至是孤单。

卢熙京

发生在
二十多岁、
如恩典般的事

过了三十五岁，我才领悟到“青春是美妙的”这句话，根本就是个弥天大谎！说出这句话的人，大概在二十多岁时，就有个温暖的完美情人，家境富裕，做任何事都乘风破浪、得心应手；又或许是个在青春时期讨厌青春生活、在中年时期讨厌中年生活、在老年时期讨厌老年生活，成天缅怀过去的人；也或许是个整天幻想根本不可能实现的生活的傻瓜。我是个规规矩矩的人，规矩的标准，当然是以我的青春岁月来衡量。

十多岁的我，成天想着寻死，成天认为自己是垃圾，成天想要抽烟，成天想让自己疯狂地堕落，成天想要快点逃离学校。偶尔，我会羡慕成绩优秀的同学，以及天天开怀大笑的同学。

最近我常常责备同一个屋檐下的侄儿们："你们到底有什么不满，为什么老是臭着一张脸？"或许他们听了心里很不是滋味，但他们不知道，我从我父母的口中，听到的都是比这严厉十倍的话语。

二十多岁时，我的人生稍微好转了一些，因为我可以光明正大地抽烟，可以自由恋爱，可以为所欲为地逃课，可以随心所欲地自甘堕落。然而，我仍旧觉得人生索然无味。我交往的对象总是动不动就说讨厌我，继而离开我。朋友们也嘲笑我的懒散，连我的论文，也被指导老师批评得一塌糊涂。

马上就要被驱赶进社会的我，害怕自己变成像父亲那样没能力的人，这种恐惧感让我几乎每天都陷入梦魇，梦到自己在泥淖里挣扎却叫不出声；梦到自己紧咬牙根，仿佛想咬碎下巴；梦到发生战争，我失去所有家人，独自一人一边痛哭，一边走在童年时期闲晃过的小镇街道上……每个梦都是噩梦。

毕业后，进了薪水微薄的公司，我依旧不快乐。对上司不满意，看同事不顺眼。接着母亲被诊断出胃癌晚期，当时我才二十五岁，而母亲也只有五十五岁。

也就是从那时起，我开始有了一些转变。在母亲人生的最后阶段，我不与朋友见面，减少加班的次数。从母亲病发到进入化疗直至病逝的这段日子，我大部分的时间都陪在她身边。此时我第一次向自己提出一个像样的问题——以后，你打算怎么过？

当世上唯一一个相信你的人离你而去的时候，当你只能像你痛恨的父亲那般活着的时候，有时比父亲更残忍对待母亲的你，要打算怎么过？要继续这样活下去吗？还是，你愿意顺从母亲的心意一次呢？

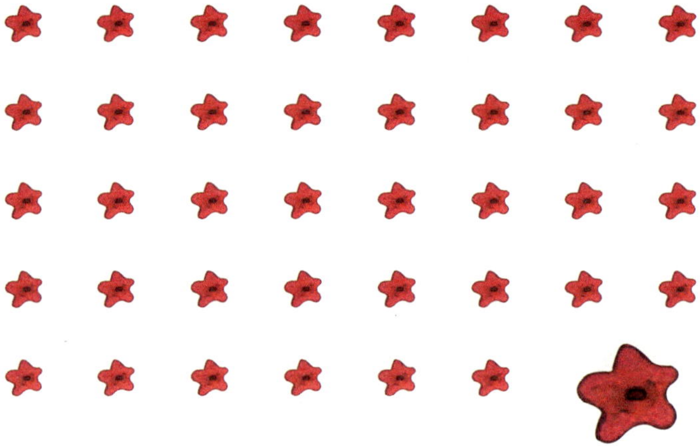

他、你、甚至是他们，

都像我一样，

在这多苦多难的世上，

自豪地挺了过来。

卢熙京

虽然大声痛哭了一场，但那时我体会到，如果我愿意的话，我也许，什么都做得到！母亲殷殷切切的教诲，第一次真正触动了我的心。

“你有什么不行的呢？只要做就行了。做了再说，别都还没开始，就说自己不行。”这是她常对我说的话。

母亲辞世后，我离开了公司，只花了一年半的时间，就当上了编剧。母亲的离开，给了我很强烈的震撼，我的知心朋友们纷纷说，母亲是用生命替我彷徨的青春画下了休止符，这对我来说是非常巨大的恩惠。然而为了把孩子拉回正轨，她所付出的代价实在是太大了！我虽然想叫他们别说这种话，但这却是事实。

现在我经常对年轻人说：“我无法确切了解自己未来的可能性。”因为我知道，许多年轻人像年少轻狂的我一样，认为自己只是泛泛之辈，平庸无奇。而我只想告诉年轻人一点：虽然“做了再说”很重要，但“做了不一定会成功”才是人生。

然而，人生并不会因为某件事的挫败就一蹶不振，虽然

我每回都费尽心思想写出不错的作品，想得到不错的评价，但我的期待大部分都会落空。但我认为，即使没有拿到完美的一百分，拿到七十分也是不错的。因为无论如何，我都还能混口饭吃，而且，我自认那一刻，我已经尽了全力。就算这是自我安慰又如何？总比自虐好多了，不是吗？

我也
希望
变得
成熟。
变成熟后，会像姐姐那样爽朗干脆吗？

你会明白，现在此刻，人生，
不会重来一次。

韩剧《告别单身》

父母也要成为子女的遗憾

母亲离开人世前，我完全没有料想到她会成为我的遗憾。然而那段岁月，我无疑是她的遗憾。

我的母亲是极为单纯的人，甚至有些单纯过头，不认识她的人也许会认为她脑子有点问题。她年轻时，总是紧抓着孩子不放，无法克制自己的脾气，但五十岁之后，她突然就变成了一个白发苍苍、皱纹满布、特别显老的老人，变成没有喜恶的老好人。

对于使她产生这种变化的原因，子女们都有各自的看法，但最终都得出了一个结论：也许是人生太过于残酷，才让她如此心力交瘁。

五十岁之后，她的精力开始衰退，即使听到有人口出恶言，也不再发脾气。这样的她，居然在五十多岁突然得了癌症。她不愿将病痛显露于外，在短短一年半的治疗期间，见到子女为了照顾她而忙得焦头烂额，她似乎有一种愧疚感。后来她陷入昏迷，三天后，就在一个风和日丽的日子里，轻轻地闭上了双眼。

我至今仍然记得临终时的母亲。她既没有安详地笑着，也没有痛苦地呻吟哀号，而是平平淡淡地离去。她已经走了五年了，我们的离别，不美，也不悲。当我在处理母亲的后事时，脑袋里只有一个想法：希望所有仪式能快点结束，我要好好地睡一觉，忘掉所有的一切！

我爱母亲，至今仍爱着她。

“别惦记往生者，否则往生者会因不舍而无法离开此生。”一位僧人知道我每天都如此挂念母亲后，给了我这样的忠告。听到这番忠告，我突然有种恍然大悟的感觉。

“没错，别走，妈妈，别离开这个世界。哪怕只有灵魂留在这个世界也好，和我一起吃喝玩乐吧！和我一起吃喝玩乐吧！”

也许有人会说，我太矛盾了，前一刻还说母亲去世那天我整个脑袋只想睡觉，下一刻又说我爱母亲，要母亲别离开这个世界。是的，这的确太说不通了，然而，这就是我的真实想法。

我有个坏习惯，明明没喝酒，同样的话却会一而再、再而三地重复说。母亲去世后，这个坏习惯更严重了。我的好友们听过十五次之多的故事，我现在又想讲了。

这是母亲去世前十天左右的事。那天是星期六，我早早就下班了，和母亲、父亲以及现在变成我们家养女的孤儿朋友小香，一同去城南文化会馆观赏孔玉振女士的民族舞蹈表演。这是母亲平生第一次去欣赏表演，也是我这辈子第一次、亦是最后一次和母亲一起观赏表演。

我们看得十分开心，心情非常好。我们没有多余的钱搭出租车，却奢侈地搭了；我们没有多余的钱捐款，却向场内替弱势群体募款的义工捐了款；我们放声大笑，几乎笑翻过去。

我还记得当时的情景：我只是笑着，而母亲观赏表演的模样却十分有趣，就像个孩子般睁大双眼，在全场哄堂大笑的桥段里，无来由地红着眼眶鼓掌，那掌声非常响亮。那时，我感到非常自豪，认为自己至少当了一次孝顺的女儿。

我们看完表演，买了孔玉振的木头雕像，接着去了日式料理店。这是我第一次请父母吃东西。去日式料理店之前，父亲原本坚决主张在家吃就好，不想再花钱。倒是母亲答应得干脆，说服父亲一同前往，说看看小女儿要请吃什么山珍海味。

真是单纯又率直的母亲啊！事实上，那时我口袋里的钱已所剩不多了。但话既然说出口，就无法再收回，于是我气定神闲地打开日式料理店的大门。我们点了鱼卵汤和一份综合握寿司，待服务生送完餐后，我面对看起来十分空荡的餐桌，只得讪讪地笑着说："开动！"然后就先行拿起筷子。虽然父亲、我还有小香已经吃了好一阵子，但母亲仍一直静默不动。

"也许是食物不合她的口味吧！"我心中盘算着是否该点其他食物。桌上为数不多的菜肴令人太难为情，我不敢望向母亲，独自陷入沉思。之后，我鼓起勇气，凝视着母亲的脸庞，我看到她的眼眶里泪水不停地打转，那是喜极而泣的眼泪。

“没想到我竟然也能得到这样的爱。”我的母亲被这廉价的孝道深深感动了。

直到现在，我仍然无法忘记那天发生的事情。一直以来，我有多么疏于去了解她呢？真的很奇妙，母亲在世时，母亲就只是母亲，没有什么特别的意义，待母亲离开后，才惊觉她竟是我人生的全部。

连续剧《世界上最美丽的离别》是虚构的故事，我的父亲不是医生，我也不像妍秀一样是温顺乖巧的女儿，但在写这出戏时，我真的时常哭得不能自已，连续剧里的金仁熙就像是母亲的化身，我在写剧本的同时，才了解我是母亲无能为力的遗憾，而如今对我而言，她也成为我爱不了的遗憾。

我真挚祈求，若仍有来世，与她相遇，能再续母女缘，我将别无所求。

她会知道我爱她吗？如珍爱生命般深爱着？在服丧期间、在睡梦中、直至目前为止的无数个日子里，因她哭泣的眼泪，她会知道吗？

希望她不会知道！祈祷她不会知道！

疼痛的记忆
愈多，
愈好

我出生于庆尚南道咸阳郡山村的一户贫苦家庭，家中有七个兄弟姐妹，我排行第六。我的诞生并非是件可喜之事，不过就是因为母亲怀孕，就把孩子生下来而已，毫无任何期待，连一丝的喜悦也没有。要解决五名子女的一日三餐已是极其沉重的负担，如今竟又多了一个孩子！

可想而知，母亲在生下我之后，必定大哭了一场。韩国有句俗语是“生子后将耗费三斗米糊粥”，意思是嗷嗷待哺的婴儿会让家里的开销变大。不过想来确实是这么回事。

因此，出生没多久，包裹着布巾的我就被放置在暖炕的炕尾。在不易烧热的炕尾待上三四天，受不了寒冷的婴儿也许就此失去气息，从而减轻家里的负担。奶奶用力推开哭泣的母亲，将我放在炕尾，并严词厉色地警告：“无论是谁，胆敢照顾这孩子，我一定会狠狠地教训他。”

我在严冬冰冷的炕尾度过了半个月，即使处境艰险，我还是存活了下来。这非天降奇迹，而是母亲每次都趁奶奶前往农田干活的时候，偷偷给我喂奶。

我的苦难至此并未结束。在往后的日子里，每逢家里经济陷入困顿时，我总被认为是累赘。若记忆准确的话，四岁的时候，母亲曾想要将我弃于孝昌洞一带的住宅区。但是，最后善良、柔弱的母亲没走几步，就返回来，抱着我一起回家了。彼时，回到家中，母亲拍打着我的背，对我说的话至今仍清晰地萦绕在我耳边。

“妈妈就要抛弃你了，你怎么连哭都不哭呢？”

在日后的成长过程中，我像是要报复曾抛弃我的家人似的，开始让他们不胜其烦地为我操心、伤神。读小学四年级时，我学会了抽烟；进入高中后，不会喝酒的我甚至喝到入院治疗；动辄惹是生非，母亲被老师请到学校是家常便饭；大学落榜再重考；无数次地离家出走，在街头游荡……

这些仅仅只是留存在我记忆中的荒唐事迹，而那些已经被遗忘的轻狂，不知道又有多少。因为这些缘由，我从小到大经常看见他人对我摇头叹息，说我是天底下最一无是处的丫头。

不单是家人，连朋友们也生怕我误入歧途，走上不归路。若不是曾令他们失望透顶，当我初入职场，领到生平第一份薪水时，朋友又怎么会激动地紧紧抓住我的手，号啕大哭说：“你终于像个正常人了！”

那段惨痛的岁月如今却成为我写作时的好题材。有一阵子，我也曾怀疑过我的成长经历，但现在已然释怀。如果我不曾体会贫穷的滋味，又怎么能知道人生之苦？如果我是众人称羡的模范生，又该如何描绘社会边缘人的愤慨，失败后又该如何绝地重生？

对一个作家而言，我认为伤痛的记忆愈多，愈好。不，即使不是作家，无论是谁，都需要拥有伤痛的记忆。唯有自己痛过，才能了解他人的痛楚；只有自己经历过失败，才能抚慰失败者的心灵。

然而，抱有这种想法的我，也不是没有后悔过。母亲在世时，若能让她看见我工作赚钱的身影，该有多好！此刻感到彷徨的人们，你们的彷徨真的没有错，但母亲仍在身边的这段时间，请停止彷徨，即便伤痛的记忆会成为生活中的养分，也别对父母做出不孝的事情。

大学时，为了寻找离家出走的我，而站在学校正门口衣衫褴褛的母亲的身影，总是浮现在我的眼前，但为什么不论是在那时，还是在往后的日子里，我都无法对她说出一句抱歉之语呢？

殷切地盼望，你们千万别拥有这样的回忆！

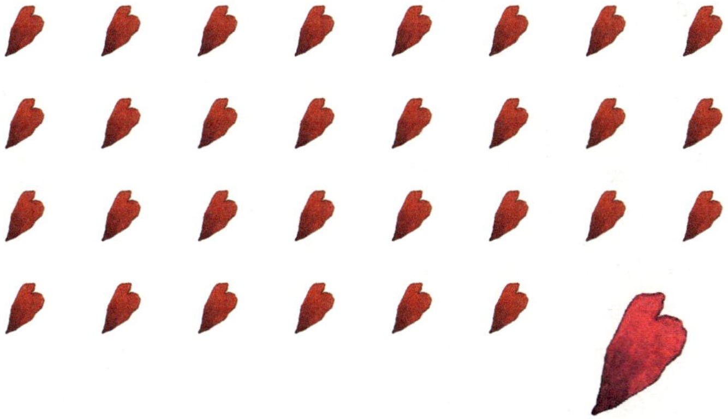

成为大人，

是从受伤的一方，

变成给予伤害的那一方。

当我们察觉自己伤害别人时，

终于成为大人。

卢熙京

·后话·

在写下这篇文章后，过了许久，从大姐那里得知让我备受冲击的事实。原来，出生当时发生的事情是假的。我撰写的内容是依据母亲的陈述，若然如此，难道是母亲说谎吗？我的心情不由得沉重起来。

大姐那时说："母亲当时不想要孩子，再加上又是女儿，心里就更加不愿意。当时的生活已经十分贫苦，丈夫回到家的目的也只是传宗接代，完全不顾家里的生计。五个孩子吃不饱、穿不暖，竟然又有了第六个，而且还是个像自己一样苦命的女娃！"

母亲生下我之后，在刺骨凛冽的寒风中坐了一会儿，便将我放在炕尾。只与母亲相差不过十七岁的大姐，以及相差二十一岁的大哥，都对母亲那时的做法感到恐惧。怎么会有人忍心想杀害自己的孩子，将她放在炕尾呢？奶奶无法理解母亲的行为，对她破口大骂。

之后，大姐遵循奶奶的吩咐，将生米咬碎，喂入我的口中。

看着尚存一丝气息的我，奶奶语重心长地劝告母亲：“与其把孩子放在那里要死不活地哭喊，不如就养育她吧！”

这个完全颠覆以往认知的加害者角色，即使知道了，对我也没有任何益处的故事，大姐为什么、又是因为何种缘故要告诉我呢？如果不清楚事实的真相，我就能拥有一段虽然疼痛却十分美好的回忆，我就会以为在许久之前，我也曾得到母亲的疼爱！

听到真相的当天，我闷在被窝里，思绪陷入短暂的混乱。然而，最终我在脑海中做了这样的整理。

那时，母亲三十一岁，正值如花似玉的年纪，却要辛苦养育着六个子女，而丈夫偏偏是个没有出息的男人，身心早已俱疲了吧！子女变成肩上沉重的负担，心里该是积聚了许多怨恨，千万次地希望这一切都能消失吧！我出生时的这段故事，母亲其实可以选择隐瞒，但她却编织了一个谎言，应该是出于对我的愧疚感吧！

非常、非常愧疚吧！在那之后，她真的很疼爱我，对我而言，那便足够了。明快地整理完思绪后入睡，那一刻，我觉得自己真的长大了。静下心来思考，就会发现世上哪有那么多无法理解的事情，只是不了解对方的心意罢了。我能理解大姐的意图，她是想表示：“我救了你。”没错，大姐时常在我陷入困境的时候救我一命，二姐、大哥、二哥和三姐也是，他们都时常拉我一把。如此可贵的手足之情，以及如此可怜的母亲。

妈妈，
这世上最辛苦的事情是什么？
子女过着艰苦的生活，
做母亲的却什么也给不了。

韩剧《比花还美》

我无法
忘怀
连续剧《谎言》

我真的能忘记《谎言》吗？记忆中，我曾爱过某人，却在彼此非自愿的情况下，将爱情画下句点。那种感觉真的让我痛不欲生。我不停徘徊在他的学校及家门前，他也像我一样，在我家附近徘徊，久久不愿离去。然而，我们却无法再见面。

连续剧《谎言》剧终那天，我心痛万分，那感觉就像与旧爱离别，但不是因为厌恶而分手，而是情缘已了。相爱时自信满满，在结束后才了解自己还不懂得如何去爱。写作亦是如此。

在连续剧播毕后，蓦然发现自己作品中的缺失。忘不了《谎言》，如同昔日徘徊在前男友的家和学校门前一样，让我感觉异常难过。透过网络，我仔细阅读关于这部连续剧的新闻报道，尽情回忆这怎么看也看不烦腻的“恋人”。对着电视，反复看用千元空白录像带所录下的每个片段，然后，在某一瞬间，关掉屏幕，和他的缘分到此为止，我了解，往后再也不能相见。

三十三岁的年纪，没有老公、没有孩子、身旁也没有恋人的我，“连续剧编剧”这份工作竟然就是我生活的全部。十个月间，我爱着似乎已成为身体一部分的《谎言》，愉悦的心情犹如沉醉在恋爱中。写作期间，不曾发过任何脾气，也未感到辛苦，因为我相信爱情需要诚恳、谦虚，让满溢爱慕的心也充满感谢。

《谎言》是我至目前为止所执笔的连续剧中，收视率最低的一部，但为何我会如此喜爱这部戏呢？我试图回想过往的一切，去寻找答案。

参与《谎言》的所有工作人员，我都非常喜爱，导演以独到的眼光理解这部作品。当对剧情无法确切掌握时，未见他大发雷霆，而是独自一人苦恼、沉思。他不是在从事一份工作，而是真心爱着《谎言》，我可以感觉得到。

我想起挑选裴宗玉饰演星雨时的情形。她看着剧本大纲，希望自己在这部连续剧的最后，能像星雨一样相信爱情的存在。她为了真实地表达星雨的情感，在拍摄时哭了一遍又一遍。

我也想起，当我将恩秀这个角色分析给饰演恩秀的柳好贞听时，她眨着大大的双眼，真的就像是恩秀一样，纯真浪漫。她对我说："这部戏拍完后，大概暂时不会接其他作品了。"

饰演俊熙的李诚宰只说了句："辛苦了。"这不是埋怨，而是他理解俊熙的生活与他爱人的方式。应该非常吃力吧！用尽心力投入角色，远比用脑去想该怎么演出更令人疲倦，不是吗？

此刻，我真的想忘记《谎言》。挥别第一段恋情，迎接第二段恋情时，心中不能还藏着对旧爱的思念。同样的，必须要彻底忘记《谎言》，才能创作出下一部连续剧。

年轻时，以为这世上的真爱只有一次，但其实并非如此。如今，我要忘记《谎言》，试着去爱其他的连续剧。许多人问我："下次想写什么题材的连续剧？"我如此回答："我也不知道，但我相信，曾用生命去爱着初恋的人，在下一次的恋爱中也会倾尽自己的所有。所以，下部作品，我也会赌上自己的性命去爱。”

然而，我真的能忘记《谎言》吗？

愿你能执着地
爱着

执笔《谎言》时，我三十二岁，比剧中星雨的年龄小一岁。从二十九岁开始从事写作后，因为没有工作，过了一年无业游民的生活。之后，我在一年半内陆续编写了单元剧《世莉与秀芝》、短篇剧《世界上最美丽的离别》、单元剧《仍然相爱的时间》以及44集的连续剧《我的生存理由》，像发了疯一样地在创作之路上不停奔跑，一刻也不曾休息过。

现在回想起来，那段时间的我，心里充斥着各种情绪，有单纯地对不想错过机会的执着，还有一定要以作家身份出名的野心以及已经预领酬劳而产生的负债感，相互交错，屡屡被噩梦惊醒的折磨，远大于文字创作的压力。

在不停地写作中，吃饭时间变成一种浪费，房间里堆满了生病时才食用的稀饭罐头，无论是凌晨三点或四点，即便工作告一段落，仍克制不住异常激动的心情，无法停笔是家常便饭之事。除此之外，有时候也会去打不怎么有趣的撞球，还三番五次约住在附近的朋友，一起玩无关胜负的纸牌游戏，完全记不得自己何时才真正有睡意。有时候在写作时，累到极限后，就如同昏死的病人一样倒头大睡。没睡多长时间就会被噩梦惊醒，用稀饭罐头随便填饱肚子，再次回到电脑前。即使和家人见面，也不能放松地说说笑笑，更别说主动关心朋友了。“我的生活还存在快乐吗？”我不禁感到疑惑。

某日，脑海中突然闪过很多念头——我为什么要写作？此刻，这一瞬间，埋首写作的我，生活幸福吗？现在所写的东西是我真正想写的吗？

只有30公斤出头的我，卢熙京，蹲踞在地下室房间的某一个角落，怀着怅然若失的心情，一而再、再而三地反问着自己。

那段记忆，清晰得如同发生在昨天，无法隐藏……

过了一段日子，我的脑中浮现出连续剧《谎言》中的故事，那时《我的生存理由》只剩需要修改的部分，且电视已经播映了约30集。我没有向导演说明自己想写什么故事，也未与导演商量是否可以和我一起合作，更没有询问过电视台是否同意我的想法，我慢慢一点一滴地创作，下定决心要将它完成。

这是对旧爱的忏悔！不是对那个人，而是对自己！为什么我总是和相爱的对方，以如此残忍又不堪的方式离别？我不是应该要说一句“抱歉”或者“我错了”之类的辩解话语吗？对彼此而言，即便只是短暂的一刻，不也应该对对方表示真挚的感谢吗？在编写新剧之前，至少要痛快地写下对这些问题的回答后，再创作新的故事，不是吗？因为那些问题，及后续衍生的许多问题，就是创作《谎言》最初的力量。

虽然写作的对象是以普罗大众为主，但在那时，我想到的只是“我”和“他”，而非观众。我连苦恼这违背常理的时间都没有，不等心中思虑，我的手已快速反应，文字便跃然而生。

《谎言》是“如谎言一样美丽的爱情”的缩写，因为我的爱情不完美，所以想放进故事里，希望作品能写得生动而感人肺腑，只是基于如此单纯的理由，别无其他。

个性温和、感情细腻的表民洙导演看完我的故事，深受感动，甚至落下了眼泪。他以导演的角度，将我不足的部分一一填补。倘若没有导演对我的极力支持，我将无法完成《谎言》。但是，作品却没有如大家所预期的那样取得亮丽的成绩。

疼痛可以作为对逝去爱情的忏悔吗？若此刻有谁询问我这样的问题，我会坚定且果断地回答不能。然而在那时，即使是一丝丝的痛苦，也能带给我安慰。因为疼痛，可以让当

时幼稚而拙劣的我，产生一丝可以得到过去所有挚爱宽恕的希望。

电视台质疑这样的故事是否能拍成连续剧，极力劝阻。同行编剧们严厉的指责如排山倒海般涌来，不仅认为这是一部自我感觉良好的戏，甚而批评我是个连自我满足和连续剧都无法区分开来的菜鸟作家。但我真的不在乎那些评论，因为事实上那些话并没有错。

我记得曾向导演吐露心里的想法：即使因为这部连续剧让我再也得不到邀约的机会，我也无所谓，我还是要完成它。导演听完后，默默地注视着我，过了一会儿，他低下头，蓦地紧抓住我的双手。当时我们都还年轻，尚可忽略

生计的压力，主要是因为年少轻狂的性格，才会做出这冲动的决定。

然而，也许是受到幸运女神的眷顾，《谎言》终于排定播映日期，而我也在播出两个月前，完成了 20 集的剧本。那时大约是《我的生存理由》已播毕两个月，我忍饥挨饿地写着，咬紧牙关地写着，怀着这是最后一部作品的决心，连觉也不睡，发了疯一样地写着。有许多次因为身体不舒服，难过得大哭了一场。

现在的我，即便再怎么疲累也已流不出眼泪，但在那时候，泪腺特别发达，每次只要和导演见面，总是会在咖啡厅里哭得泪流满面，也难怪周围的人会理所当然地误会为我们俩是恋人关系。

我爱星雨！我爱恩秀！我爱俊熙！我将全部剧本都背得滚瓜烂熟，熟到当我走到剧本排练室时，已无须打开剧本熟悉内容。我爱英熙、贤哲、东真、世美和章御，我爱所有的一切。虽然那时收视率不佳，但如今十年过去了，我成了“编写《谎言》的卢熙京”，我为此感到无比骄傲。

因为《谎言》，我有了许多收获：我找到了永远的工作伙伴表民洙，认识了亲切无比的同事奇民秀（当时为导演助理，之后执导了《告别单身》），也结交了挚友裴宗玉。从下笔开始到播映结束整整一年的时光，我所获得的，已让我成为心灵上的富有者。所以，我感谢所有人，但对已逝之爱的忏悔，依旧是……我的课题。

离开人世前，轰轰烈烈地爱一场吧！因为真心爱着，没有遗憾地爱着，毫无保留地爱着，就不会后悔，亦无须留恋。

我就是如此深爱着《谎言》。

对我而言爱情是，
因为那人而辗转反侧，
时而悠悠我心，时而为伊憔悴。
虽然我也不知道爱情是什么，
但至少我认为，
爱情是存在的。

韩剧《谎言》

○第 2 部○

真的很温暖的话语

“无论什么东西，只要吃到就好了，干吗全部都留着自己吃？既然你吃过了，其余的就该分给别人吃！”真的是很温暖的一番话。是啊！我既然吃过了，就该满足了，干吗还要全部都留着自己吃呢？应该分给别人吃才对呀！

血红色李子的
甜味
诱惑

没有温饱，也没有自尊。

小学低年级时期，我是个穿着破破烂烂，看起来十分穷困的孩子，那时的我总是非常渴求食物。“别人吃东西时，在一旁睁大双眼紧盯着，是最令人厌烦的行为！”这是正享用美食之人的看法，但对像我这样的旁观者，那却是不可多得的奢侈。而在当时，最诱惑我的食物就是，将青绿色、坚硬的李子以电石催熟，再涂上糖霜和加入食用色素所做成的“甜李子”。

甜李子的糖霜虽不健康，滋味却香甜可口，大口咬碎时，会从嘴角流出血红色的汁液，样子就像当时风靡大街小巷的电视节目里的九尾狐。因此，甜李子有时也被拿来恶作剧，捉弄害怕九尾狐的朋友。

尽管我心心念念着想要吃甜李子，却总是无法得偿所愿。年幼时，不能经常吃自己想吃的东西，还有什么比这更令人痛苦的事情呢？就算是青春期的恋爱，两天看不见恋人的痛苦也不能与之相比。而我因为实在太想品尝甜李子的滋味，终究采取了偷窃这种方式。

偷窃的目标是我时常光顾的杂货店——“智妍的家”。在某个星期日，从早晨到中午，我都坐在杂货店的门前，一边在地上无意义地乱画，一边虎视眈眈地等待机会的来临。终于，温和善良的大婶暂时离开收款台去上厕所，我趁机迅速地偷了一颗甜李子，并跑到几乎没有人注意的僻静小巷里，一口一口地咀嚼着，毫无罪恶感。

“这滋味实在是太棒了！”

将偷来的甜李子吃完后，压抑不住心里“只要再吃一颗就好”的欲望，我再次返回“智妍的家”，在店门前徘徊。这时，大婶突然叫住我，我疑惑而又惊讶地抬起头，只见她将一颗甜李子拿给我说：“这个你拿去吃吧！”我欣喜若狂，连谢谢都来不及说，赶紧收下甜李子，然后迅速跑回家。

我边吃着甜李子，边站在镜子前思忖着该如何模仿九尾狐，却赫然从镜中发现一件可怕的事——偷吃甜李子的痕迹就残留在嘴角，甚至于在齿缝间……

“原来大婶知道我偷了甜李子啊！”

对于从早晨到中午，一直在杂货店附近徘徊的小小偷，大婶不仅不惩罚，反而还给了我一颗甜李子，我的心里顿时感觉十分难受。为什么会去偷善良大婶的甜李子呢？看着镜中的自己，我突然产生了一种厌恶之情，然后哭了起来。之后，我再也没有偷过那家杂货店的物品。

“智妍的家”的那个大婶，也许现在已离开这个世界了，但我想对她说几句真心的感谢。

“大婶，谢谢您给了我甜李子。我在您的店里曾用钱买过，也曾有过偷窃行为，在成长的过程中，留下了许多不良记录。因为人生颇为不顺，才会和那些喜欢惹是生非，内心却感到孤单的人相处，并轻易地了解他们。这对我来说并不是坏事，因为这样的人生经历让我产生了无法抑制的写作欲望。再次由衷地感谢您。”

以为你会喜欢
——《甜蜜咖啡屋》

1993 年冬天，我搬离一直居住的老家，移居至佛光洞一处老旧简陋的多世代住宅区。我的新家是一个位于半地下室的房间，美其名曰是独立套房，其实就是在十平米出头的空间，隔出厨房、客厅和厕所。家里唯一用钱买的东西是大学学长做顺水人情，以十万韩元转让给我的一台体积庞大的打印机。其他散落在家里各个角落的简单家具和家用等，全都是我和弟弟从被丢弃在街头的搬家行李中捡回来的。

比起房里摆设的家具，更惨淡的是我的处境。离开出版社时，一气之下将离职金全部挥霍在旅行上，等回到家里后，为了上广播电视作家学院的课程，不得不向银行借贷六十万韩元。

该做出决定了，要再次回到职场工作？还是尽早出道编写剧本，领取稿酬？就在生活一天一天陷入绝境的时刻，我遇见了电影《甜蜜咖啡屋》。

那时，我一星期的零用钱非常有限，为了不浪费一分一毫，充分利用这点钱，我每天必须数次填写简陋的记账簿。为节省支出，我外出的地点仅限于作家进修学院所在的汝矣岛，一到晚上，便赶忙返家。除了饭费和交通费之外，几乎没有其他的生活费用。当时拥有最多的就是时间，因此看书成为我的工作。然而一页一页翻书的声音，就如同钱从钱包里溜走的声音，在无计可施的情况下，我不得不去租书店用低廉的价格购入过时的旧书来看。但即使是旧书，也有许多是近期出版，仍需要花费原书的一半价钱。我一星期外出一次，购买两三本旧书，手里剩余的闲钱就更少了，根本不敢妄想去电影院观赏电影。因此，看录像带成为我享受休闲生活的唯一办法。

挑选录像带时，需小心翼翼、慎之又慎。若不小心选错，一周的休闲生活就被破坏殆尽。

因此，我习惯只选择大多数人口耳相传或书本杂志推荐、好评如潮的录像带。《甜蜜咖啡屋》就是这样选出来的。

影片播映之初，和原先预期的完全不同，令我大失所望。女主角是一名白人女子，身材高大臃肿，看起来让人十分有压力。另一名女主角是黑人女子，眼神凶狠犀利，个性中带有神经质。

电影一开始的内容极其平淡，描述白人女子 Jasmin Münchgstettner 来到一家兼营咖啡馆，但其实店里没有咖啡的旅馆“Bagdad Café”，并暂时投宿于此的生活，没有什么情节。Jasmin 多次想将自己发音困难的称呼“Münchgstettner 夫人”告诉咖啡馆老板——黑人女子 Brenda，而 Brenda 则毫无缘由地对 Jasmin 这位客人非常不友善。Brenda 的丈夫 Salomo 因琐碎之事在争吵后离家出走，儿子和女儿也总是不听自己的话，经常让她气冲冲地大呼小叫。酷爱牛仔装扮的 Cox 平日里嬉皮笑脸的模样让人倒尽胃口，女文身师对谁也不透露姓名，只是一言不发地徘徊在咖啡馆附近。再加上连咖啡都不会煮的吧台服务生，非常不解他到底为什么要站在那里。

然而在那之中，有一幕场景却深深地吸引了我的目光，便是 Jasmin 来到一号房后的举动。她理所当然地将寄宿一天的旅馆当作自己的家一样，洗衣、清扫并整理房间。当她弯腰屈膝跪在不时有灰尘扬起的地板上，竭尽心力地用抹布擦拭时，我竟感到一阵鼻酸。尔后，决定长期留宿的 Jasmin 仍然坚持这特别的行为。她不仅擦拭咖啡馆的招牌、整理办公室并清扫厨房，而且她还安抚受众人冷落、一直哇哇大哭的 Brenda 的孙子。甚至于在 Brenda 的儿子不停敲打键盘，弹奏着嘈杂纷乱、音色不协调的音乐时，她仍然专心聆听欣赏。

Jasmin 的举动让 Brenda 感到一种负担，在未曾受过别人好意的 Brenda 眼里，Jasmin 的亲切善意是扰乱平静生活的威胁。终于有一天，Brenda 二话不说便咆哮着要求 Jasmin 离开。

Brenda 在一阵嘶吼后，Jasmin 的回答我至今仍记忆犹新。

Brenda：“你以为你是谁，凭什么擅自照顾我的孩子，清扫我的家！”

Jasmin：“我只是以为你会喜欢……”

Bagdad Cafe.

Jasmin 想让大家开心，想给予“生活如战争”般疲惫度日的 Brenda 包容。面对吸食毒品也毫无任何罪恶感，即使在开车途中也酒瓶不离口，视“生活如玩笑”的丈夫，她时而以冷漠的眼神对待，时而在极度气愤之下甩他数个耳光。丈夫离家之后，她又在沙尘滚滚的沙漠里，靠着做一个个路过咖啡馆的卡车司机的生意来维持生计。

不是为己，而是为了将欢笑带给大家的 Jasmin 学习魔术，并在咖啡馆里小露身手。同时她也成为画作的模特，在带给别人喜悦的同时，自己也从中找到快乐。如此美丽耀眼的 Jasmin，让我在那晚激动落泪。

为配合连续剧播出的时间，通宵了数十甚至数百个日子，虽然到目前为止，尚未有人因我的作品而感到幸福，但我会像 Jasmin 一样，不会停止努力。在 Jasmin 离去后，起死回生的咖啡馆又再次没落，所有人又过上了穷困潦倒、毫无生气的生活。或许是过分的期望吧！在没有我的连续剧的日子里，若能让观众们为我等待，如同“Bagdad Caf é ”的人们等待 Jasmin 一样，那我就别无所求了。

爱情并不是
为对方放弃些什么，
而是为对方做些什么。

韩剧《没关系，是爱情啊》

身为编剧，
我的生活
无比幸福

违心之论抑或是真心之言，至少要用一把语言匕首，刺在对方的心上。虽然这样做很愚蠢，但人类意志的软弱性，并非都是话语的责任。因此，那些伤痛的话语、冲动出口的话语、迟疑后脱口而出的话语、不合时宜的话语，往往一字之差，意思却全然不同，可以造成误会，也可以解释误会，话语中的万千思绪和奥秘，便是用语言创作连续剧的我，深爱编剧这个职业的理由。

话语是传达内心想法的工具，今日依旧为下部作品做准备，而我思虑的是，内心的想法会多过于话语。

然而奇妙的是，不管是我的心，还是他人的心，越仔细察看，越会发觉人的内心之美。因此，我对于探索话语、探索心灵的连续剧编剧的生活，感到无比幸福。

你们加油吧！

——给所有立志要当编剧的人

我想起十二年前，第一次踏进“韩国放送作家协会教育院”时的情景。对当时的我而言，心里并非单纯怀抱着“只要可以写作就好了”这样的梦想。原先的工作十分顺利，却在半自愿、半强迫的情况下离职后，将自己贴上“社会不适应者”的标签。那时教育院是我的避难处，也是这残破不堪的生命，能再苟延残喘、获得一丝希望之处。

教室黑板上写着“戏剧即是人生”的标语，我在笔记本上一再地将这无须背诵的简短句子圈起来，并在嘴里反复咀嚼着：

“文字创作要发自内心。”

从小学开始至大学为止，千万次声嘶力竭地高喊这标语的我，自己也觉得羞愧，因为我仅仅只是将那极为简短的文句挂在嘴上说说而已。

那时面对周遭杂乱无章的一切，我感到非常焦虑。那样的我如今却成为老师，站在教育院学生们的面前。上课期间，学生们总是安静无语，眼神闪闪发亮，甚至因过度紧张，导致眼球充血发红，仿佛下一秒就要哭出来似的。在教室里经常开怀大笑的人是我，口干舌燥的人是你们这群学生……和当时的我实在太像了，我不自觉地发出一声叹息。

再努力一点！再努力一点！有人发狠通宵不睡，有人把头埋在书桌前撕心裂肺地痛哭，有人抱怨没有喝酒的时间，有人问为什么要来回奔波于汝矣岛。在看导演的脸色前，即使是一个字，也要投入全部精神。每天虽然拼尽全力，却总是徒劳无功。

我不是不知道，你们比我还急迫，炽烈的心情并不亚于我，即使不被强迫也需要面对孤独，太过自虐到连脸色都是蜡黄的。

相隔十二年后，再次与站在汝矣岛江边栏杆旁的我重逢，那时的我一而再、再而三地反问自己：“我能写出什么呢？我真的有什么要对这世界说吗？我真的了解人生吗？真的能凭一己之力赚取三餐温饱吗？”我终于忍不住放声大哭。此刻，那样的心境，无法用言语表达，只能大声呐喊。若汝矣岛比麻浦更常被浓雾沾湿，那全都是因为教育院学生的泪水太多了。

各位同学们，若你们需要安慰，我一定不吝给予。振作精神，加油吧！如果你们要走的路，是当连续剧编剧的话，现在你们面临的是所有编剧们都曾走过，或是正在走的路。如果你正在创作，如果你此刻觉得孤单，如果你现在的心情无比炽烈，如果你对懒惰感到愤怒的话，你们无疑已走在成为连续剧编剧的正确道路上。

加油吧！打起精神来！

我们生存的力量，
是理解和慰藉。

卢熙京

卢熙京写作的几项守则

1. 当个诚实的劳工

确实遵守劳工八个小时的工作时间。

2. 相信因果关系

一旦付诸行动，完成的概率就会提高；若只一味苦恼而不行动，只会搞得头痛欲裂。

3. 戏剧即是人生

对人生的探索，就是对戏剧的探索。

4. 用心观察细节

用马马虎虎的心态看世界，就会写出零零落落的剧本；细心观察世界，才能写出细腻而深刻的剧本。

5. 疼痛的记忆愈多愈好

编剧不会受到伤害，所有疼痛都是写作题材。

6. 警惕自己别让思想老化

俗话说“人老心不老”，然而思想是有可能老化的。要懂得承认自己目前所有的想法都是偏见，经常聆听他人的意见，且懂得察觉。当你主张自己的想法才是对的那一刻起，你的思想已在老化当中。

7. 别忘了沟通协调

一部戏剧的完成需要靠众人合作，而非靠己力就能进行。如果无法做到沟通协调，就放弃当编剧的梦想吧！编剧只是整个剧组当中一个写故事的人，并不是领头羊。关键在于要懂得分辨“坚守核心价值”和“固执己见”的界线。

尹汝贞，
用一个眼神，
拥抱人生

“你剧本写得真烂，怎么能写得这么烂啊！烂死了。”

这是几年前，尹汝贞针对我所执笔的某个作品所做的评价。当我怎么也写不出好作品时，当我明确知道自己的极限时，被众人公认为毒舌家的她，总会毫不留情地当面批评我。个性并不温顺的我，听到她的毒舌总会勃然大怒顶嘴回呛：“难道老师您每次演得很好吗？有时也演得很烂啊！”

若换作其他两个相差二十岁的人，说出这么情绪化的话语，那这两个人肯定会一拍两散。但完全不想失去彼此的我们，至今仍会偶尔互相嘘寒问暖，有空时就希望能见个面。

当然，我们依旧会尖牙利嘴地互相攻击，但谁都不会被彼此所吐出的利刃所伤。不，反倒该说是非常享受这种口衔

利剑的相处方式，仿佛毒舌的强弱程度，成了一把衡量我们友情的标尺。

偶尔，我会指责她的毒舌伤到了心灵幼小的我，但老实说，这只是我在无病呻吟罢了，并不是我真正的心意，因为她的毒舌具有安抚慰藉这个孤单、无趣世界的力量。

真的好久没打电话给她了。

“您的声音怎么了？怪怪的。”

我认真地询问她的状况，结果她立刻反呛：“还敢说别人，你的声音更怪！”

连一刻也不停战。但我很开心，因为她一如既往的说话语气，仿佛就是她平安健康的证据。

我“非常”喜爱演员尹汝贞老师，我曾经因为难以忍受只有我知道自己的恋情，而向她坦白一切……

若要问尹汝贞老师究竟哪里好，我也答不上来，很难用具体的言语表达。

我至今仍无法忘记，在《我的生存理由》中，饰演酒吧老板娘的她，一边沉默地抽烟，一边安慰着对她哭诉人生很辛苦的主角爱淑的那一幕。那时她吐出的烟圈，就像云雾般温暖地笼罩住爱淑。她夹着香烟的手指，真的是太帅气了。

除此之外，在《谎言》里，向以前的初恋情人隐瞒自己寡妇身份的她，在东窗事发后，怅然若失地搭上公交车的背影，也将人生的虚无缥缈诠释得淋漓尽致。

“疯女人、神经病、疯子、这个混蛋、那个混蛋……”诸如此类的粗俗话语，经由她的口中说出来，也都会变成富含感情的悲伤慰藉，或是变成凄凉人生的定义，即使没有任何说明文字，只有一串省略号，她也能淋漓尽致地用表演表达出来。

我至今仍无法得知，她这么精湛的演技究竟是源自何处，也许可以单纯定义为是来自于她的人生历练吧！那么，历练丰富的演员，全都能像她那样演戏吗？都能把粗鄙的脏话说得像哲学一样吗？很明显并非如此。那样说来，她显然有着专属于自己的深厚演技。

我曾经试图妄自揣度她的表演实力，但很快就宣告放弃了，因为演技就是演员的人生。那么，在分析她的演技之前，必须先揣测她的人生才行。但我并没有那样的能力。

年轻时不依靠丈夫，独自抚养两个孩子的她，脸蛋既不漂亮，声音也不动听，又不懂得阿谀奉承的她，在走到今天的地位之前，究竟付出了多少不凡的努力以及她对戏剧的感情？我不敢想象，只感到哽咽难语。

最近的连续剧，清一色尽是小孩子的小情小爱，很难再看到像她这样只用一个眼神、一句台词，就能安慰人生、讽刺人生、再拥抱人生的演技派演员，令人不胜唏嘘。

希望尹汝贞和她的同伴们在更为衰老之前，戏剧圈可以变成一个探讨真正人生的世界。希望别再让她饰演反对年轻男女主角交往，或是需要张罗饭菜的婆妈角色，而是能演一些哭诉“我的人生也想谈场轰轰烈烈的爱情啊”之类的角色。如果不是由她那样的老演员来诠释，又如何能鲜明地刻画出我们每个人都必会老去的人生呢？刁钻的观众啊！千万别忽视老演员，因为你们也会有老去的那一天。

听闻她许久后，终于接拍了一部电影，我十分担心她会不会就此离开戏剧圈，转战电影界。我要在此郑重地拜托，电影制作公司和众导演们！请千万别看出她真正的价值，就让她继续留在乱哄哄的戏剧圈吧！

我已经可以猜到，她看到这篇文章后会说些什么了。

“你还真的是想尽方法要砸掉别人的饭碗啊！”

可爱的老太婆！

在这块土地上过了三四十年的演员生活，
若是连那点能耐也没有，就该死了。

韩剧《他们的世界》

真的
很温暖的话语

对我而言，母亲是佛祖、是耶稣、是苏格拉底、是世上所有圣贤者的化身。尽管母亲目不识丁，没有可以拿出来炫耀的知识；内向不善言辞，无法交到可以谈天说地的朋友；不懂世上的牟利之道，因此也没留下任何财产。

但是请大家试着想想看吧！综观古今中外，哪有炫耀知识和累积财富的圣贤呢？因为不识一丁，母亲对每个人都秉着谦逊之姿；因为内向不多语，母亲不会用尖锐的话语在他人胸口刺上一刀；因为不懂得牟利之道，母亲不会鄙视穷人，总是心存怜悯，把别人当子女、兄弟、自己般对待。

小时候，我经常替母亲跑腿。我常常替她去杂货店买生活必需食材，但是最常做的事，就是把母亲亲手准备的礼物，分送给邻居，或村子各个角落里家境贫困的人家。

“我妈妈说这个泡菜绿豆煎饼要请你们吃。”
“我妈妈说这个生泡菜要请你们吃。”
“我妈妈说这个炒冬粉要请你们吃。”
“我妈妈说这个马铃薯要请你们吃。”

母亲真的很喜欢把东西与别人分享。当兄弟姊妹聚在一起，她总是会告诉我们，“分享”是多么非凡的事。早上做好的生泡菜，到了傍晚就消失不见；下午做的绿豆煎饼，一小时后就盘底朝天；刚刚蒸好的马铃薯立刻踪影全无……

一天，年纪还小的我计较了起来。

“妈妈，今天不要把炒冬粉分给任何人，我放学回来后要吃，一定要帮我留着！”

然而等我放学回家一看，炒冬粉依然消失了。我哭着向母亲追问：“炒冬粉在哪里？”

结果，母亲这么回答我：“无论什么东西，只要吃到就好了，干吗全部都留着自己吃？既然你吃过了，其余的就该分给别人吃！”

真的是很温暖的一番话。是啊！我既然吃过了，就该满足了，干吗还要全部都留着自己吃呢？应该分给别人吃才对呀！一向寡言的母亲，经常对我这么说："要怜悯穷困的人，和他们分享食物，给他们帮助。"

不要说

世界是苛刻的，

而要想想

自己待人处事是否苛刻。

卢熙京

过得好吗？
K 小姐

相信你收到这封信，看到K小姐这个称呼，我拍胸脯保证，你一定会开怀大笑好一阵子。金秀亚，秀亚小姐，你这个女人，单纯的孩子！那段可以快乐地变换不同昵称来呼唤你的日子，我真的感到很幸福。因为像你这样的女人，竟是我的母亲。

“别那样啦！捉弄长辈是不对的。”

即使嘴上这样说，你仍然很疼爱与你毫无隔阂、总喜欢捉弄你的我，对我的爱展露无遗。因此，听到你临终前对我说的那句“我爱你”时，我并没有感到很激动，因为我一直都知道，你有多么喜爱你的小女儿熙京。

自从你去了那个每个人都必须去的世界后，我成了一个编剧。当你待在我身边时，就已让我牵肠挂肚；在你离开后，对你的思念更是无止无尽；当我笔下的主角恋爱、分手、迎接死亡、背叛、后悔时，每一刻我都需要你的建议。

那时，我对未来的姐夫很不满意，我对你抱怨：“别让姐姐嫁给他。”你说：“又没有要你和他们一起生活。”

“所以妈妈你很满意那个人啰？”

“我也不用跟他们一起生活。”

想法这么单纯的你、比年轻的我更不古板的你、人生坎坷仍然夸赞雪很美的你，啊！真的，你为何走得这么早呢？

法国作家安妮·艾诺过了五十岁之后，将自身经历过的残酷且致命的爱情故事，写成了一本名为《单纯的激情》的小说。我看过后，产生了无数疑惑。过了五十岁的年纪，还可以如此糊涂如此鲁莽，和年龄足以当儿子的有妇之夫产生感情，并且可以没有任何罪恶感。难道爱情只不过是单纯的激情？还是爱情本来就像习惯一样反反复复？

这是我连同那本仿佛为响应《单纯的激情》而写的《拥抱》（作者为菲利普·维兰）一书都看过后，才产生的疑问。此时我很想知道，和《单纯的激情》的作者安妮·艾诺相比，同样五十岁却全身为病痛所折磨的你，认为爱情是什么？是否觉得兴奋与冷淡的分界真的只是一线之差？不，更重要的是，我想知道，你是否也像安妮·艾诺一样，是个女人？或者是个普通人呢？

若是如此，我要对你说声抱歉，因为我从来都没有把你当作女人，当作普通人来看待。当你历经漫长的手术之后醒来时，我对你说："无论你想要什么，尽管开口，我买给你！"你却这么回我："你可以把我的青春还给我吗？"我的心立即就崩溃了。那时，你可能是第一次想以"普通人"或者"朋友"的身份，和我谈论虚无的人生，软弱的我却无法回应你的问题，反而转头闪避。

我心爱的侄儿们，奉修、始明、庆熙、小乙、始珍、润雅以及青天，真希望我对待他们，至少能有你对待我的一半好。我也希望能与他们一起畅谈我无法与你分享的热情、爱情、负罪感、受辱感。倘若在我与他们谈论的过程中，你发现了任何不妥之处，请你务必要告诉我。还有，好好保重，妈妈。

母亲，
因为有你，
我的人生，
真的很幸福。

韩剧《比花还美》

○ 第3部 ○

再
爱久一点

不管是朋友还是父母、兄弟姐妹，没有谁比自己更重要。以生命为担保，或以财物为担保，或者要求以其他事物作为担保才算讲义气的朋友，并不是朋友。凡事都和朋友站在同一战线，一定是错的。不求回报的付出真的很辛苦。生活中，有很多时候要留下朋友一个人，让他觉得孤单、感到痛苦，若如此，还能成为朋友，那才是真正的朋友。

献给我
所愧对的父亲

对于总在我的文章里担任反派角色的父亲，我怀有深深的愧疚感。虽然一篇文章无法抵消掉这份感觉，但若是不写，我害怕罪恶感会更加深重。看来这次仍旧是为了我自身着想，而不是为了父亲。

前几天是父亲逝世两周年的忌日，除了在海外的手足，其他人全都回来祭拜父亲。父亲若看到那样的情景，一定会十分开心。想到这里，我的心也跟着严肃起来。这个世上我最苛刻以待的人，就是父亲了。小时候，我深信自己有绝对合理的理由，可以对他做出如此残酷的举动。

父亲外遇的次数，十根手指是数不过来的。小时候，父亲总是和别的女人住在别处，我们都很难和父亲见上一面，光我所知的女人，就多达五六个，见过的女人起码得有三个。有的女人理直气壮地找上家门，甚至躺在母亲身边睡了一夜隔天才离去；还有女人和我的兄弟姐妹互相拉扯头发打架。父亲从没赚过大钱回家，但就算是小钱，我也不曾记得父亲拿回来过。比起勤俭的母亲而言，父亲实在是太懒惰了。父亲从未对我说过一句“我爱你”，也不曾对母亲、对子女说过任何一句抱歉的话。即使我不认得对方的长相，但我知道父亲和其他女人生了孩子，我看到了父亲因为其他女人的孩子而落泪的模样。父亲喜欢卖弄自我、虚张声势、吹牛夸大。我讨厌姓“卢”，有时候我特别想更改姓氏。

我真的很憎恨父亲，因此，即使当我开开心心地看电视时，只要看到父亲进家门，就会立刻冷下脸来，嚯地起身冲出去，仿佛想把门摔坏似的“砰”的一声用力甩上门。当然，我也不曾在饭桌上抬头看过父亲的面孔，说话总是句句带刺，只要能惹他生气，我就感到非常高兴。等到我变得更为强壮、他变得更为衰老时，我攻击的欲望越来越强烈了。

“听说朋友的爸爸在外面有小三，因此他妈妈说要离婚，真的太好了！”

“男人若没有能力，还是男人吗？”

“要抽烟的话，把窗户打开！”

“吃饭别吃得那么大声！”

“爸爸你要喝水就自己去倒！”

“别再吹牛了！”

“我个性很怪？还不都是你遗传给我的！”

“有得吃就好，还挑什么挑啊！”

当时我没有罪恶感，也不觉得后悔，直到他罹患肺癌，背着两三个行李从大哥家搬到我家。大哥出国工作去了，虽然兄弟姐妹众多，但经济状况全都不佳，因此没有任何一个子女愿意照顾生病的父亲，虽然口头上都说着“我来吧”，但同样站在子女的立场来看，坦白说，我很清楚他对大家都是个沉重的包袱。迫不得已，只好由我出面来照顾他。

当时在我心里，与其说是义务感，不如说是有种“好吧，放马过来”的感觉。无论我们两人是要和好，还是上演惨烈的复仇戏码，我都希望和他做个了结，因为，对于总在剧本里谈论家人的谅解的我而言，他就像肿瘤般，在我内心深处占有极大的位置。

从他搬进我家那天起，我每次进行“108 拜”的功课时，都会再增加三拜，同时念诵着“爸爸谢谢您，无论您是怎样的人，都谢谢您”的祈祷文。我对他的忏悔，就算行“108拜”也是无法抵消的。然而每拜一次，除了忏悔，我脑中都会想到一堆足以让我深深憎恨他的理由。

有一天我甚至扔掉行拜时使用的佛珠，大声痛哭地喊着：“我要恨你到底！”不知道若他看到这些内容，会有多么伤心。即使如此，也希望他别太责备我，因为我随后就捡起佛珠，恭敬地许下“在谅解您之前，我绝不会把您送到任何别的地方去”的承诺。

和他一起度过的三年半的时光，犹如令人讨厌的功课一样。我们一起在宅边的田地里种莴苣、辣椒、玫瑰，一起喝茶，但我几乎不曾开心过。不过，既然是我所选择的，那就再试试看。然而就在某一天，也许是种植那棵五加树的那一天，时值盛夏，大汗淋漓的我们，在一块小小的阴凉处喝茶。那时，我突然问了一个问题，事实上，我早就在心中练习过千万次了。

“以前我看过一个女人，您外遇的对象，脸上有斑点的阿姨……为什么您喜欢她更胜于妈妈？”

您笑着回答：“我最喜欢的人，是你妈妈。”

“既然那么喜欢妈妈，为什么又要和那个女人在一起？”

您笑而不语，起身回到田里，拖着佝偻的背种树、拔草。那时，我第一次有了这样的念头——我究竟对这个老态龙钟的老人做了些什么！

若是换作平日，我定会猛然起身，惊讶自己怎会如此感伤，但那天不知为何，我却没有那样的反应。那一刻也是我首次感到，我们仅剩几个月的相处时光了，这实在是太短暂了。仔细想想，我也许是十分渴望与他解开心结，才会对他突如其来的一句最爱母亲，便竖旗投降。

之后，我经常牵着他的手，抚摸他的脸颊。我曾向常常为我指点人生迷津的师父询问：“我想和父亲和好，我该怎么做呢？”师父告诉我，什么都无须多言，只需牵住他的手。真的太难为情了！一个和父亲牵手会感到难为情的女儿，真

的很令人无语，对吧！但是，我牵了。开始的时候，我每天花三十分钟的时间，尴尬地牵住他的手，而我们之间的交谈，却无法全部记载于此。不过我听到了活了四十年都未曾听过的告白——

“没有哪一个孩子，是我不爱的。”

“若有下辈子，我想当你们的好爸爸。”

“若再度与你母亲相遇，我想和她在一起，但不知她是否会愿意。”

“这辈子我已活得无憾。”

“日后当我倒下，别给我戴呼吸器。”

“我对你实在太糟了。”

他这些话说得如此温暖，仿佛早就准备了很久似的。或许在这漫长的岁月里，即使他无法用言语表达，也早就用眼神向我们这些子女传达过这样的心意了。若非如此，他应该无法不带一丝颤抖就沉稳地说出这些难以启齿的告白，甚至有一天，他的告白实在夸张，我忍不住对他说：“别说了，很肉麻！”这样度过几个月后，有一天当我行拜时，蓦地想起年轻时候的他。

四十岁的男人，孩子七个，妻子是个不懂幽默、不漂亮、也毫无魅力的村姑，加上没有一件事顺利的中年年纪，一定觉得活着很没意思！我突然热泪盈眶。

外面的漂亮女人熙熙攘攘，为他天生的幽默感着迷，温柔地说爱他，但在他看来，在一起几年也许还可以，却不想谈永远。最后，他又回到无趣的妻子身边，回到怀有复仇之心的孩子身边，那男人到底在想什么，我真的了解吗？

人生真的比连续剧更戏剧化，就在那年冬天我们完全解开心结，都不愿离开彼此的时候，父亲的生命走到了尽头。他呼吸变得急促的那天，正好是我首次以他为题材所写的《奇迹》一戏上档的日子。他咽下最后一口气的那一瞬间，正好是第一集播毕的时刻。相信这件事若编成连续剧，一定会显得太过刻意，令人难以置信。

当瘦骨嶙峋的父亲躺在我怀中对我说："真的对不起。"我对他说："爸爸的心，我都懂，所以请您安心地去吧！"

那是个如同母亲去世那天一样温暖的日子。如今令我感到安慰的是，在父亲合上双眼前，我对他说了三四次我也非常爱他。

前些日子，我收到一封信，是一个年轻朋友寄来的，他说自己无法和父亲化解心结，问我该如何是好。我告诉他，这种事急不得，我自己也是在过了四十岁的年纪后，才将心结解开，这不是件容易的事。

我一直耿耿于怀没能再对他多说一句话，也许写在这里，他能看到。加油！

啊！对了，爸爸，您在那个世界，遇见妈妈了吗？我想，遇见也好，没遇见也罢。无论你们是各自和别人在一起，或是再度重逢了，那画面想来都很美丽呢！

“他们都是很棒的人。”

最近子女们团聚时，总是这么说。坦白说，我们偶尔也会说你们的坏话，但这是由于我们太想念你们了，所以请别太伤心。

对了，我们这些从你们身上获得生命的兄弟姊妹们，也像别人一样过着辛苦又有趣的人生，因此，请无须担心。

再爱
久一点。
卢熙京

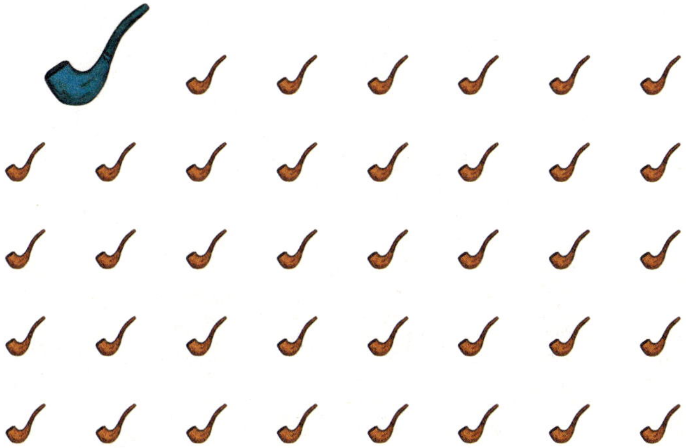

有人说过，世上最暴力的语言就是：
“像个男人、像个女人、像个妈妈、像个医生、像个学生……”
诸如此类的话。但，大家都是第一次活这辈子，
所以显得生疏笨拙、令人怜悯。
因此，犯错也没关系。

《没关系，是爱情啊》

从父母身上继承的最棒遗产

若父母没留遗产给子女，或子女不愿接管父母的遗产，都是“玩忽职守”。虽无法律上的制裁，却必须为此付出赎罪的代价——变得更不幸福。

我在大约二十五岁时，和家中的养女兼同龄好友一起租了一间房子住。虽然曾经因为经济因素，也因为怕寂寞，而试过与其他朋友一起同住，但都无法持久，总是只剩我们两个。这样住了十二年后，我们俩无论是和家人还是好友生活三四天都很难。

接着，在七年前，我遇到了重大的打击。原本和大哥同住的父亲，突然罹患癌症又无处可去（因为大哥要移民了），二哥由于个人原因，把两个小孩交给我照顾。我对噪音本就较为敏感，即使是在炎热的夏天，也会将门窗紧闭以阻绝一切杂音，如今来了一个念小学、一个念中学的小孩，活力充沛又聒噪不休，简直可以形容为战场，再加上十多年之后才又一起同住的父亲，早上四点便起床、开电视、在厨房进进出出、频跑厕所，就算什么事都没做，也令人心神烦躁。

我实在难以忍受这样的生活，于是搬去和关系良好的二姐一家人同住。姐姐和姐夫个性温和，希望能为家庭带来和谐的气氛，当时也正好打算要提出共同分摊重担的提议。虽然情况好转了，但加上姐姐家的孩子，家里的小孩突然变成四个，且年龄相仿，都正值容易惹是生非的时期。

如今回想起来，那便是人生的滋味与趣事，但当时确实令人感到茫然无措。不久之前，我将九个家人住过的房子交给房屋中介出售，准备购买一间能让四个大人生活的房子。父亲已离世，我坚守二十岁分家的原则，在去年和前年让男孩们自立门户，计划让两个如今念高三的女孩明年也分家。我一直对孩子们深感歉疚，因为比起父母亲留给我的遗产，我可以留给他们的东西，实在太微不足道了。

母亲走了十九年，父亲则离开了四年。母亲每一餐总是

只准备一至两样的菜肴，有时是凉拌菠菜和泡菜，有时是烤海苔和一块鱼肉，就这样勤俭地攒下了一些遗产。

小时候当我说“我们要多吃一点菜，账户里明明有存款”的时候，母亲就会说：“那是我的棺材本，别想动歪脑筋。”这笔钱就是母亲口中所说的棺材本。当时母亲才四十出头，或许是因为母亲娘家有短命的家族史，因此，即使她年纪轻轻，也预知自己的生命不会很长久了。当预言成真，母亲于五十七岁的年纪去世后，那些遗产如母亲所言，全部花费在她的身后事上。

父亲更是没留下什么，当了一辈子无业游民的他，只靠子女给的零用钱过活，因此当他离开后，留下的只有几十万元的现金，以及位于城南、贷款惊人的老旧公寓。这些就是全部，其中大部分甚至是大哥辛苦赚来的。

然而到了现在，我却感到父母亲留下来的遗产，实在是太丰富了！我想列出几点来炫耀一下。

1. 他们都没念过书，不会以知识蔑视他人。

2. 他们都不聪颖，不会瞧不起愚者。
3. 母亲早上会在村里打扫环境，让街道保持整洁，会捐出尚可使用的物品，交给村里的敬老院，并侍奉许多的老人。
4. 母亲寡言少语，说话温和不恶毒，不会用话语在别人胸口刺上一刀。
5. 母亲会用从市场捡来的腐烂马铃薯、地瓜、白菜，做成煎饼和食物，以此养活子女并和邻居分享。
6. 他们一辈子活得贫苦，总会怜悯穷人，把他们当作自身对待，因此抚养了两个孤儿直到出嫁，还收养了一个女孩作为养女。
7. 父亲有钱时，总会用在周遭人身上，并辩解“施”的喜悦更甚于“受”。
8. 母亲从四十五岁过后就开始衰老——掉牙，头发变白，并为病痛所折磨。但她却总是庆幸自己不会动不动就哭天抢地地喊痛，反而精力十足，没让子女受太多苦。
9. 他们都认为人生在世，最重要的是家人之间的感情。
10. 他们都因为癌症去世，但在生病的过程中却表现得十分坚强。这告诉我一个道理：死亡并不可怕，它只是一个结束的机会而已。

我所获得的遗产，何止只有这些？遗产如此丰厚，让人顿时感到，活着非常幸福。《明心宝鉴》上有这么一句话：“父母留给子女最棒的遗产，是不为人知的德行。”那么，我想，至少从现在开始累积可以留给侄儿、留给后辈的真正遗产，是身为大人的我，“如今”该做的事。

现在，就用侄儿们离开时，我对他们说过的叮咛话语，来为这篇文章画下句点吧！

别事先就对可怕的世界感到恐惧，这是你们的父母和我都活得很快乐的世界，世界比你们所想象的更加美丽。

别害怕，我爱你们。

反正人生只有一次，
不会重来。
只要记住这点，
世上没什么事是不行的。

韩剧《比花还美》

向演员罗文熙
请教
人生路

“看来老天爷真的很爱你，期望你能成为大人物，所以才让你的收视率那么低。”对于这回依旧因为收视率而吃尽苦头的我而言，再也没有比您的安慰更加甜蜜了。老天爷那么忙碌，绝不会顾及我。当然我也不奢求，到了这个年纪，我已领悟到，就算没有老天爷的照顾，自己也要有活下去的能力，这就是人生。但是您的安慰，着实是一股暖流。

事实上，愚蠢的我，总是后知后觉。这回《他们的世界》依旧是如此，人们一如既往地指责我的戏结构不易理解，难以让观众融入。他们还训斥我即使过了四十岁，看待人生的眼光仍旧很短浅。我不认为身为演艺圈资深前辈的您，会没有发现这一点，我知道，您只是不舍得指责在您眼中依旧稚嫩的我……谢谢您。

回首过去，我在如花似玉的二十九岁，遇见了您，那时的您真的十分帅气，我从没看过有人能在五十多岁的年纪，还如此适合米色风衣的打扮。您是我出道作品《妈妈的栀子花》中的主角，接下来的十三年，也在我的剧本中登场过数百次，然而我们实际上要见一面，简直有如摘星那般困难。众人都说我们是一家人，但是我连我们一起喝茶的记忆都模糊不清。我试数了一下，我和您单独两人，不，即使是和其他人一起喝茶的次数，也只有几回，用五根手指都能数过来，关系可以说是极为冰冷。然而，是您让我知道，这样冰冷的关系，是一段多么棒的因缘。

如果我记得没错，我二十九岁时，我们曾在郊区的某间咖啡厅有过如下的对话：

“熙京，别总是和太过优秀的人交朋友。”

“熙京，要多看些书。”

“熙京，搭公交车或电车时，要多多观察别人。”

“熙京，要多去传统市场走走。看看在那里卖菜的大婶们、阿婆们的手，看看她们的皱纹，那是很美丽的。”

“熙京，别打高尔夫球。”
“熙京，要去公共澡堂看看。”
“熙京，我们别太常见面，彼此认真生活就好。”
“熙京，要当一个准时交剧本的编剧。”

当时，您对羞愧微低着头的我，丢出如连珠炮似的一连串教诲，至今仍是我编剧生涯的最高指标。也许，是您的慧眼，看出了我轻率的德性，看到了我把演艺圈当作是发财致富、沽名钓誉、一雪贫穷之耻的地方。我感到既惭愧又感恩。然后我真的下定了决心。

“多去传统市场走走吧！”
“多去公共澡堂倾听阿桑们聊天吧！”
“皱纹是美丽的。”
“橘皮组织是美丽的。”
“别打高尔夫球了。”
“要及早开工写剧本。”

我之所以能认识我这辈子最美好的搭档表民洙，也是经由您的介绍。“我认识一个很棒的导演，你和他见个面吧！”

您像是媒人般，替我们搭起一座桥梁，但仅止于此，没有再进一步约我见面，我们之间也没有多说一些嘘寒问暖的话语。别人都说我们是一家人，但我甚至没去看过一次您的电影，就连话剧表演，也只看过《晚安，妈妈》这一部。

如您所言，我是个小气鬼，您也像我一样是个小气鬼。我们都知道两人为了写剧本、拍戏，行程有多忙碌，生怕连打一通电话都会给对方造成很大的负担，所以才像超级铁公鸡般体恤着对方。但是，奇妙的是，我却是愈来愈喜欢我们之间这种小气鬼的关系了。一种互相珍惜的关系。因此，只要看到您在电视上的演出，纵使那部戏不是我写的剧本，我也会雀跃无比。

“啊，老太婆，许久不见的这段日子，皱纹又增加了，更有味道了。”

“不知擦了什么，今天特别漂亮呢！”

“真想握一握那手……”

光是看到您又大又厚的手，我就会心神荡漾。虽然这样的说法很幼稚，却也没有办法。

一年才打一两次电话的您，有时话匣子一开就关不上了。

“这是我在澡堂听到的，有个女人结婚了，却还跟别的男人胡来……”

“这是我从村里的老奶奶那里听来的，那家的儿子……”

坦白说，比起您所告诉我的故事，我更喜欢聆听您的声音。现在是您的全盛时期，当我欣赏您各式各样的作品时，目光都只追着您的身影跑。您向全天下证明了“演员不会老，只会更老练”这句话，忙碌地赶场拍戏，有一天甚至还在拍摄现场昏了过去。我听到消息的那天，感到一阵鼻酸。老人家就该多加注意自己的身体呀！几天后，我不放心地打电话给您，您笑着对我说：“熙京，我很幸福。”

若要我用一句话形容演员罗文熙，我会说，罗文熙是世上最富企图心的演员。若要我用一句话形容普通人罗文熙，我会说，罗文熙是个举手投足都不曾虚伪过的人。

您说过，若想演得像市井小民的母亲，纵使在没人看到的地方，比如在床上、街上或厨房，也都必须活得像市井小民，连血肉都不能有一丝虚假。因此您在任何地方，真的都是一副卑微的姿态，而我充其量只是做做样子追随您罢了。

我要向您学习的地方，就如天上的星星那样繁多，请您别这么早老去。还有，您送给我的松紧带宽花裤，夏天穿着写作真的很舒服，我穿了超过十年，松紧带都松掉了，但我会再换上新的松紧带。我已换过几次，没打算丢弃，因为当我穿上它，有种我真的是作家的感觉。叮咛的话语说千万次也不够，请您务必要保重身体，长命百岁。

韩志旼，
因为有你，
生活才精彩

我的故乡是庆尚南道咸阳郡池谷面介坪里 152 号。那里不是我奶奶、父母亲、叔叔的家，而是一个血缘关系非常遥远，远到难以分清辈分，姑且称为姑姑的家。母亲原本住在首尔，在奶奶家游玩时，因为家里窄小，所以暂时借住在姑姑家，我就是在那里出生的。之后，因为奶奶的离开，这里莫名地就成了我的故乡。如此说来，咸阳只能算是我的出生地，我真正的故乡应该是度过我幼年时期的麻浦山村——首尔麻浦区桃花 1 洞山 2 号。那个地方如今已被鳞次栉比的高楼大厦和富裕小区所取代，完全找不到以前的面貌，但我记忆中的麻浦，仍然停留在山 2 号的样子。酒鬼们从夜晚吵到白天，没有几个人受过教育；谁家的母亲离家出走、谁家的父亲又是个酒鬼；大多数的居民是赚一天过一天的临时工人，有些则是和自己处境一样的贫穷女子在其他地方成家立业。

即便如此，那里也不全是阴森灰暗的地方，因为附近的山村洞拥有一片广阔的田野，可以听见青蛙鸣叫，看见蚱蜢跳跃，还有生长茂盛的狗尾草。虽含有大量废水，但因为流经此地的汉江有孩子们喜欢捕捉的河蚌，更因为有许多的朋友，以及没有受不住贫穷而逃跑、非常美丽的母亲们。

我至今仍非常喜欢那个地方。每到晚上，没有电视可看的我和兄弟姐妹及朋友们，厚着脸皮在村里几户有电视的人家门外探头探脑。直到现在，我还是非常感谢那时觉得我们很厌烦，但并未将大门关上的住户们。托他们的福，虽然家里没有电视，但我仍然知道九尾狐，也知道神力女超人与无敌金刚 009，真的是一段很快乐的时光。

我前往居民每天依赖不到一美元过活的 Alawon（位于菲律宾）。那里的人们因为只有地瓜可吃，所以身材矮小。他们不懂得避孕，每个家庭都有将近十个孩子。由于不识字，他们拿不到辛苦干活的酬劳。

那里让我想起了桃花 1 洞山 2 号。出发之前，我祈祷再祈祷，希望那个地方要如同山村洞一样，有一片孕育青蛙和

蚱蜢，让狗尾草生存的田野；希望那里的母亲虽然受尽贫穷的折磨，却依旧疼惜自己的孩子；希望那里有阳光；希望那里有一群兄弟姐妹一起用微笑挨过困苦的生活。然而，Alawon 超出了我的预期。不仅有小鸟啼叫，有炽热的阳光，还有蓬勃茂盛的雨林，以及雨林里高大华美的树木。除此之外，父母亲们没有离开家，居民们的笑容是如此灿烂。我以为我到了 Alawon 后会哭泣，但我并没有，我一生中也似乎未曾像这样开怀大笑过。只是教写几个字，教唱一小段歌曲，给予一碗安南米饭取代地瓜，孩子们就开心地哈哈大笑，我又有什么好哭泣呢？就像那时邻居们虽然只让我们观看连续剧，没有让我们看夜间运动节目，但我们也非常欢喜，不会觉得他们小气一样，这些孩子们若能在我们停留的几天几夜里，一起拥有微笑的回忆，不会因为时间短暂而觉得遗憾，我认为已足够。

然而一起前来的几位同事和韩志旼却要我别这么想，日后仍要持续送给他们笔记本和药，别让他们因为寄生虫而徘徊在生死关头；让他们可以继续升学，就读中学。他们的心意让我隐忍的泪水忍不住落下来。我经历过贫穷，自然愿意为他们付出，但从小被捧在手掌心长大，生活无忧无虑的韩志旼却有那样的想法，绝对不容易。如此娇小的女孩，却拥有宽大的心胸和慷慨给予的秉性。

海拔两千多米，全程约十八公里的登山路程，不仅会让人累得要死，而且还很危险。这条山路非常狭窄，但韩志旼却如同原住民一样敏捷地往上走。以一碗汤、一些海苔当作配菜，吃着粗糙的安南米饭，快乐地大喊着美味的她，真的非常美丽；在脏乱不堪的学校地板上睡得香甜，没有抱怨任何不便的她真的十分可人；被水蛭咬伤后也不嚷嚷，反而觉得有趣似的呵呵笑个不停；刚回到韩国，她就开始筹备写真书的制作，用以募捐。

事实上，韩志旼担任韩国JTS宣传大使已经超过三年，这三年多与她一起同行，说真的，我对志旼有无限的感谢。然而，我一次也没有确切地表达过自己的心意，因为我的个性生来就较为冷淡，而且也害羞。借此机会，我想向她表达最真诚的谢意。因为有志旼，直至现在，我都无法放弃其他国家那些一天依赖不到一美元生存的孩子们，你是我的好朋友，也是我的好老师，再次向我的年轻小老师韩志旼说声谢谢。

韩志旼，因为有你，这个世界才有生活的乐趣。

我们，再悠闲一点，

再豁达一点地

活着……

卢熙京

卢熙京与表民洙的真心话

·卢熙京对表民洙的真心话·

才一见面，你就先接过我的背包，这样的习惯仍一如从前呢！我有对你说过吗？这样的举动屡屡让我感动。

近来偶尔会想起我们的初次见面。1996 年，经由罗文熙老师的介绍，我们两人第一次见面。那时，我三十岁，这样看来，你可以算是我的三十岁的礼物。

此刻，想起那天的情形仍会不自觉地“扑哧”一声笑出来，因为你精明干练却又温文儒雅的气质太强烈，和从你嘴里冒出的俗气的庆尚道方言形成了巨大的反差。那天，不擅饮酒的我们，面前各摆着一杯茶，天南地北地聊着许多话题，足足有六小时之久。那时交谈的内容，日后成为描述艾滋病患者的爱情和伤痛的单元剧《仍然相爱的时间》。初次见面的两人，在言谈之间已经完成了一部剧本。

当时你问我的问题仍鲜明地烙印在我的记忆中。

“丈夫罹患了艾滋病，妻子还愿意与他同床共枕吗？”这个问题太沉重，又太新奇，让我非常紧张。你的问题总是以“如果是你的话”开头，而非“下面的故事该如何展开会比较吸引人”。当我回答后，你又再次发出“为什么”的疑问，我们的对话就在这样一问一答中，一直持续下去。

仔细想想，我们两人可以说是有一个“好的开始”。自那天起，我们谈论最多的话题就是“人生和爱情是什么”，而非“如何创作故事”。如果不是频繁的“多话”，我们也许最后无法走上这条路——将日常生活中细微的感动融入连续剧里。

这番告白虽然很难为情，但你对我而言，就仿佛是“灯塔”般的存在。当我发现了某样事物，询问你我的眼光是否正确时，你总是竭尽心力为我“评判”，照亮我所走的路。

既然肉麻的话语都已出口，那我就再坦白一件事，我认为你是个优秀的导演。你非常清楚演员和工作人员就象征着我们的精神和肉体，绝对不会摆出一副高高在上的姿态，即

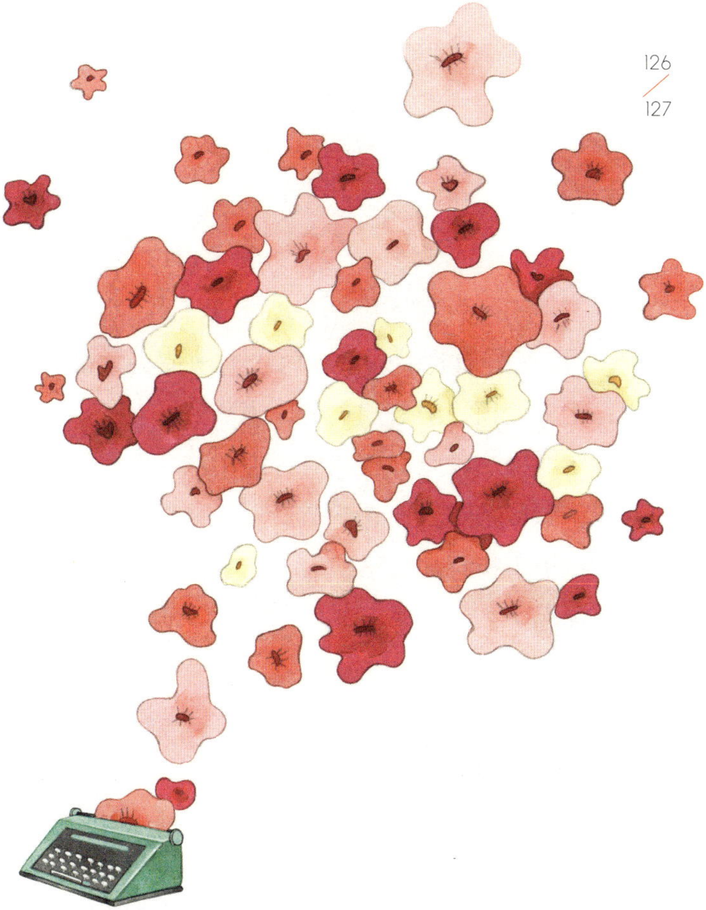

使是表演微不足道的动作或场景，对于所有角色你都一视同仁，你的态度总让我很欣赏。和懂得爱的人一起工作所得到的喜悦，我不知道这世上还有什么可以与之相比。

不仅如此，被美丽的画面所蒙蔽，而不去苦思画面该如何呈现人物的确切情感，这种“愚蠢”，你一次也没有犯过。即使没有一起合作，我们也时常通电话。看着你执导的《蓝雾》，“展现了和我一起合作时没有显露的才能”这句话，可不是无凭无据、随口胡诌的。说真的，我比谁都相信且喜欢你敏锐的导演嗅觉，但我有一点不满，我经常觉得你太过着重于细腻的情感，而缺乏节奏感，但在那部作品里，我感觉到了。请牢牢记住，这次的《孤独》，我要确确实实地看到那“优点”。

·表民洙对卢熙京的真心话·

帮你拿背包这件小事就别在意了，几天几夜与剧本鏖战的人远道而来，却只能为你做这微不足道的事，反而让我觉得抱歉。

我偶尔也会想起我们初次见面的日子。我当时心里想着：怎么会有人的眼睛如此晶莹清澈呢？然而你却说听到我的方言口音忍不住大笑，此刻我感到有点郁闷。那时，我们两人都是电视台的新人，我正准备开始投入幕后工作，而你刚完成两部单元剧。也就是说，我们是一起成长的。

我们谈论的话题那么多，要如何一一记住呢？大约是拍摄《谎言》的时候吧！虽然大多数人都给予了极不错的评价，但把别人的称赞（或是我们之间的自卖自夸）视为“氰化钾（毒药）”的我们，那天也针对应该反省的事情而开始我们的对话。是在汝矣岛 Ankara 公园的长椅上吧？我们从日落时分开始对谈，直到东方天边露出了白色曙光。那一刻，我们真的感到非常惊慌呢！

拍摄《傻瓜般的爱》时又如何呢？与其他在大纲阶段就已经决定好结局的连续剧不同，对于尚宇（李在龙饰）该与玉熙（裴宗玉饰）在一起，还是与莹淑（方银珍饰）在一起，我们几乎一起苦恼到最后，然后我们最后选择了玉熙。一开始，我是偏向莹淑的，但你那想给予爱的支持，想给予满身伤痛的人一份礼物的高贵心意，让我无法抗拒。

现在回想起来，你一直都没变。无法冷落遭受苦痛煎熬之人，非得在他们的伤处涂抹解药，才能让自己好过一点。我一直很喜欢这样的你。

怎么可能忘记呢？《傻瓜般的爱》第一集创下连续剧史

上最糟糕的收视率。

“播映之前连续剧就已经拍毕，试映会的反应也很热烈，这不是我们的错，只是出现那样的结果罢了。”那天你对我这么说。你的理直气壮让外表看起来淡然、坚定，但内心其实非常慌张的我，有了很大的力量。之后，你向我吐露实情：“事实上，我们是错的，但那时如果连我们都不坚持的话，只会让事情变得更糟糕。”

结果，连续剧播毕时，让许多人都开始思考关于爱的“治愈潜能”。我们一起承担成功和失败的责任，一如既往，非常公平。

对尊重演员和工作人员这件事，我也有许多话要说。和我相比，你绝对有过之而无不及。我时常看见你直接和演员们见面，将他们细微的习惯一个一个放入连续剧里，或对于演员的任何一个小提问也不随意放过。该如何让演员和工作人员不用经历太多磨难，又能尽其所能地展现人物的感情呢？即使是编写一句台词，也没有停止过这样的想法。你才真的是懂得爱人的编剧。

如你所知，《孤独》是我成为独立的自由工作者后的首部作品，再次回到新人的身份。请牢牢记住，在华丽的“初登场作品”里，我要确确实实地看到，逐渐成长为优秀编剧的你，所展现的“优点”。

《悲伤诱惑》结束后

历时两年的企划，执笔长达两个月，七次修正剧本，超过五十次的退稿，至目前为止，从未有如此辛苦编写剧本的经验。为了这一出戏，为什么需要花费如此漫长的时间？是我不够聪明吗？还是因为封闭的心房？我仍然想着那问题的答案。

这部作品成功与否，在已经于电视上播映的此刻，我不想多作讨论。只是在编写这部戏期间，导演和我皆十分认真。比起创作剧本和拍摄，我们花费了更多的时间在思索这部作品存在的理由上。我们可以稍微打破这社会根深蒂固的偏见吗？我们真的有严肃地看待一个人爱上另一个人这件事吗？

一位我尊敬的老师曾经说过：“因为相信连续剧能创造美好的世界，所以编写剧本。”这也是我创作连续剧的理由。有人认为这部连续剧很恶心，我要向那个人说声抱歉，但我并不后悔写这部戏。在这世界上，不应该有人因为和我不同，因为是少数，因为是弱势，就受到众人的指责。如果我有了小孩，我也会这样教导他。

“无论何时，请站在少数者那方。”

“承认和你不一样的人。”

“别漠视弱势者。”

“如果你是属于少数的那一群，即使成为被排挤的人，也不要感到挫折。”

向高龄女士致敬
——《海边的一年》

独自一人的我，曾有那么一段日子，24 小时都陷在痛苦煎熬的深渊；曾有那么一段日子，我期待身旁能有个完美情人，兼备着足以撼动我心深处的狂暴激情、令人鸡皮疙瘩直冒的刺激感以及无限的包容心。当然，我也曾有过那么一段日子，迫切需要闺中密友的陪伴。

我亦曾经对自己单纯为了维持生计而工作的事实，感到惭愧不已，当下这一刻依旧是同样的心境。我是谁？我身旁的人是谁？我们为何是完全独立的个体？又将何去何从？这些问题在这段日子里，总是日日夜夜萦绕在心头、挥之不去。

也许是恰巧碰上这样的时机，我与《海边的一年》的作者琼·安德森，着实在美好的时间点，有了一段美好的邂逅。

在此之前，我完全没读过任何高喊女性主义的成功女人的自传书籍，若有人要指责这是我的个人偏见，我也无可奈何，反正当我翻开这本书时，有那么一点点的排斥感，因为成功女人的故事总是千篇一律，不外乎先自我怜悯一番，再阐述受男性迫害的被害意识，接着为自己找个学习典范。但不知为何，这一位女士有些不同。

琼·安德森在五十岁时突然决定离开丈夫，回到儿时曾住过的乡下小屋独居，她没有任何要“遇见自我”或者“活出自我”的目的，只是单纯想离开，而能去的地方只有那里。然而在那段旅途中，她却经历了生命中很多重要的时刻。为了打发无聊的时光，她去邻近的海边与海狗一起游水嬉戏；为了赚钱修理出故障的热水器而去打工挖贝，等等。其中有一幕描写曾是专栏作家的她，恰巧在那时面临失业的困境，于是她来到鱼市，只为寻求一份工作来糊口。

“我需要钱，请给我一份工作。”接着，自卑感滋生，企图包装自己……

“我是个作家，我需要经验……”

为何这平凡无奇的一幕突然攫住我的视线，引起我对她的注意？当某一天，以写作维生的我失去这份工作，需要另谋出路时，是否能如同她一般委身在鱼市里，靠斩剁鱼头来维持生计？我着实没有自信。之后，我不带任何偏见，尽情阅读她的文字。

即便在她备妥三餐便当，前往泥滩挖贝时，也不见一丝感伤。她在意的只是要挖取几篓的贝，才能赚得 1200 美元的修理费。这令人感到讶异！在此之前，我内心一直将作为谋生工具的写作，不断予以美化。

“我是不是该教导那些愚昧的读者一些人生真谛？”

“啊！他们真的一点世道都不懂！真让人郁闷！为了他们，我只好挺身而出……”

是她让我终于了解这是多么骄傲的工作，令我切身体会到对于自己混口饭吃的工作——编剧，所拥有最起码的良心和敬意。

看着她在毫无熟识之人的异地，一味地等着子女来访，

却同时也有了和子女各自生活的深刻领悟；看着她单纯地赚钱，疲倦时就洗漱，我了解到简单朴实的生活和在漫长的孤独里与自身的对话，是充满“意义”的事。

长达一年单纯的劳动工作和漫无目的的独处，让她真正领悟了许多事而哭泣不已。即使过于煽情，那泪水也深深打动我的心。我决心如同她一样，在慢慢老去的岁月里，等待年老所带来的惊喜智慧。向高龄女士致敬！

我想安慰你。
若能尽我之力，我想给予你帮助。
如果人无法给予人安慰，
该如何在这艰险的世界生存呢？

韩剧《悲伤诱惑》

对朋友的
几种
偏见

我的侄子、侄女和年轻朋友们经常向我询问关于友情的问题，但其实从他们的语气听起来却不是那么回事。

“我没有朋友。”
“我和朋友的关系不好。”
“我的朋友某某某嫉妒心太重。”
“我周围的朋友品行都很糟糕。”
“朋友们都不能理解我。”
“生活非我所想，大家都只顾追求自己的利益。”
“说什么朋友嘛……不是敌人，就偷笑了。”
“他们都喜欢搞小圈子。”

多数人都依自己的成见妄下定论，言词间带着无比的肯定，当听到那些话时，忙碌的我大多时候会敷衍回答：

“是哦，那你要对他好一点。”

“你怎么对别人，别人就怎么对你呀！”

“如果你对人家好，为什么会没有朋友呢？”

话一出口的瞬间，便遭受孩子们的冷眼。他们心里本已受伤，而我却尽在伤口上撒盐。那时的我觉察不到，直到几天后，甚至是几年后，才恍然大悟，质问自己为什么要如此鲁莽地说些风凉话，还不如沉默不语。

前日，听闻侄子和朋友近来关系紧张，不知为何，在乍听到的那一刻，脑中首先浮现的并非是“又是一些鸡毛蒜皮之事”，而是“这孩子的心里一定很难受”。内心忍不住为之痛惜，并思索着自己对于友谊的看法。也许现在我说的，孩子们还不能完全理解，只是预先写下自己的想法，等他们心情平复时，看完我的文章，或许会有所帮助。倘若仍是一无所获的话，我也无可奈何。我年幼时，对“朋友”的定义是：朋友很珍贵，应照顾朋友胜过自己，并坚守义气宛如性命般重要，要站在朋友这边。真正的朋友应当付出而不求回报，当朋友觉得孤单、感到痛苦时，要经常陪伴在他身边。

然而，当我长大懂事后，却发现完全不是那样的。不管是朋友还是父母、兄弟姐妹，没有谁比自己更重要。以生命

为担保，或以财物为担保，或者要求以其他事物作为担保才算讲义气的朋友，并不是朋友。凡事都和朋友站在同一战线，一定是错的。不求回报的付出真的很辛苦。生活中，有很多时候要留下朋友一个人，让他觉得孤单、感到痛苦，若如此还能成为朋友，那才是真正的朋友。

对于是否需要朋友的问题，现在的想法也和之前大为不同。以前一定认为朋友是必要的，但现在却觉得若没有朋友的话，也能独善其身，自在地生活。与其挣扎着徘徊四处，不断寻找朋友、去结交朋友，不如就顺其自然，若没有朋友，就妥善规划自己一个人娱乐的方法。

除此之外，还有一个重点就是，这世上所有对朋友的定义，并不是口头上的为了谁，而是要懂得那只是向自身询问的问题。若能有这样的认知，在我们生活中的某一瞬间，你不会再因为朋友对你不好而有所埋怨，因为你也未能确实做到。这世上所有和我交谈过的人，就像带给我温暖的太阳，给我凉爽感觉的微风，甚至是无论我观看与否都盛开的野花，我并没有付出什么，但也会在某一刻激发我们感谢的心意，唯有到那时，我们才会了解这世界值得生存。

母亲曾说过，人活着，
时常会被人在背后捅一刀，
“人生”这家伙让人无可奈何，
我们绝对无法预料下一秒会发生什么事。
不只是我，所有人都难逃暗箭，
因此，不要觉得委屈。
母亲也说过，这些事情其实没什么大不了。
但这是年近六十的母亲的见解，
对于还太年轻的我们，所有事情都算是大事！真该死。

韩剧《他们的世界》

◎第4部◎

人生
不会重来

戏剧即是人生。身为编剧，了解人是首要之务。话虽然这么说，但实际上我的能力是不是很有限，只够去了解那些自己能力所能了解的人？若是如此，我的能力也太狭隘了！

美丽的想象
——若人生可以重来，就从未尽过的孝道开始

最近因为一些原因，我搬离首尔，迁居至龙仁。我并未购置任何别墅，也未投资兴建田园住宅，只是在不久前，刚搬入位于钟路的新家，却发生了一件棘手的麻烦事，在那里难以静下心来写剧本，于是借宿一位认识的长者家。

若是其他人放着自己家不住，反而寄宿在别人家的一个小房间里，也许会有难以形容的不便，但骨子里已习惯流浪的我，住在别人家里就仿佛是在自己家一样的舒适。

1986 年离开故乡麻浦，但那里只是父母亲某一天前去拜访祖母时，意外生下我的地方，并非我幼年记忆里曾居住过的地方。父母亲第一次拥有自己房子的地方是麻浦，也是兄弟姐妹无人嫁娶、全家团聚在一起生活的唯一一个地方，珍存我怀念的童年时光和曲折坎坷家族史的故乡。之后，我辗

转迁移了多达六七个地方。

离开麻浦不是我自愿的，而是父母亲的选择，至于后来离开父母亲选择居住在城南，是因为母亲于此辞世后，内心的伤痛仍难以抚平的缘故。之后，我从佛光 1 洞迁居至佛光 2 洞、佛光 3 洞，再搬到弘济洞，然后又再次离开。四处漂泊的理由大概就如一般人所言，苦于每年上涨的房租；若要再多个理由的话，是因为“这次要在哪一区生活呢”这已经溶于血液里的“流浪病”。

过了二十岁，被贴上成人这不算光荣的勋章开始，我违逆父母亲的次数无法估算，几乎每周都游荡在不同的地方，只要口袋里有点儿钱，几天几夜在外流浪都丝毫不成问题。

言归正传，近来我居住在龙仁，逐渐体悟到生活中宝贵的真理。由于和长者住在一起的缘故，早晨八点便起床，稍微垫垫肚子之后，就开始工作，然后八个小时之后结束一天的写作，前往农田。这块农田是我现在借住家庭的两位长者（我称那两位长者为父亲、母亲。随着年纪增长，开始懂得一个道理，即使不是生下我的亲生父母，只要是对我有深厚情谊的长者，也

应该称呼父亲、母亲）从一块空地，逐渐开垦而成的田地。

不少小道消息谣传，这块土地在几年后会再开发，将有大医院进驻。不管传闻是真是假，但不管怎样，此刻这里是我认识的两位长者的农田，是附近这一带大楼居民们的农田。这个地方生长了许多农作物，种类之多令人难以置信，有黄豆、玉米、芝麻、紫苏、羽衣甘蓝、莴苣、圣女小西红柿、玉女小西红柿、辣椒、茼蒿、小萝卜、地瓜、马铃薯、南瓜、小黄瓜、茄子、秋葵、莙荙菜……

我在那块农田上铲地除草，也亲手摘取果实，即便指甲上沾染了绿草汁、被蚊虫叮咬，我仍不间断地前往农田。我

不仅仅是为了得到和大自然相处的趣味，更是为了探视在那里悉心照料农田的几位长者。他们每个人都不是为了自己而耕耘农地，而是为了已经离开他们、成家立业的子女们。即使是在下着滂沱大雨的雨季里，他们依旧来来回回巡视农田。

我可以猜想得到，他们的子女对于这些长者的心意和劳苦，恐怕连百分之一都不会知晓。那些子女们看着手上不喷洒农药，而被虫子啃噬的纯天然蔬菜，若没有出口训斥“干什么又拿这些过来？超市里不知道有多少又新鲜又漂亮的蔬菜”已是十分万幸。

如果我没有来到这里，不，若是十年前母亲还在世时，我大概也会如同那些长者的子女们一样，说着类似的话语。然而，如今母亲已去到遥远的地方，再也无法侍奉她；父亲也已年老体衰，随时会撒手人寰；而我也已经三十多岁，正逐渐走向四十岁的成熟年纪。

我曾在脑海中刻画出这样的画面——此刻母亲就在我的身旁，父亲的身体也十分强健，我一如往常地牵着他们的手一起前往农田，彼此交谈着。

“这些西红柿长得很结实啊！”

“妈妈使用的鸡粪肥料好像不错呢！”

“今天晚上要煮南瓜叶配饭吃吗？”

“不要摘太多南瓜叶，会影响果实的生长。”

若能如此，我再没有任何希冀，也不会再哭泣。

写这篇文章时，我反问心里另一个自己：“你真的想回到从前的日子吗？”“当然不是！”我强烈否认。如今生活一切安好，我并不想再回到对父母不孝的那段岁月。为了等候如浮萍般飘荡的我，每日倚靠在村口路灯下叹息的母亲，总让我有深深的愧疚，那是我再也不想看到的光景。

然而，若脑中这美丽的想象能成真的话，我会像现在一样懂事，像现在一样体会父母的珍贵。在这样的前提下，若从这一刻起人生重新开始的话，当然是……OK！二话不说，高举双手，大喊 OK！

有人询问我，

若父母亲再回到人世，

你想做什么？

我如此回答：

“我想抚摸母亲布满厚茧的手指，

给予如恋人般热烈的吻，

一起并肩躺在床上入睡。”

卢熙京

问候
安好

身体是否健康呢？

感到幸福快乐吗？

爱不会太辛苦吧？

即使因父母与兄弟姐妹而备受折磨，仍然会互相拥抱吧？

仍一夜好眠到天明吧？

下雨的日子里，看着雨滴脸上没有泪珠了吧？

晴朗的日子里，心情也十分愉悦吧？

眼前的落叶或枯树，没有让你们遗忘期待吧？

喜欢新出的嫩芽吗？

丁香花和洋槐树一起盛开又凋零的此刻，

天气是否让人有点忧郁？

叶花不相见的相思花是否看过了呢？

希望你们不会遭遇任何不幸，应该是如此吧？

此刻心中所想的皆在你们身旁吧？

我很好，你们也很好吧？

某一天，

心痛地发现自己，

只是用话语、用文字、用嘴巴说着：

“我爱你、我了解你、我珍惜你”，

那样地大喊着。

现在该起身行动了！

谨诫之。

卢熙京

文字是文字，连续剧是连续剧，生活是生活，话语是话语，而现实却非如此。自己国家的人民理当由自己国家的政府照顾，关我们何事？自己的孩子理当由自己养育，为什么要仰仗他人？要是他们做得好，我们还会这样吗？死亡也是自己的选择。

越说这些话，就越觉得，这不该是对寻求温饱的人们，对一百元卖女儿的那个女人，面对母亲痛哭着请求原谅，但还是无法将面包丢弃，默默地吃着的那个女儿该说的话。

想再次找回一开始决定创作的初心，想活得像世上所有美好的连续剧一样。

我的老友们，

我内心里的严厉，

我内心里的自私，

我内心里的不足，

我内心里的双重人格，

请你们一定要谅解。

然而，即使理解，也别让我停止。

请叫我再往前走一步；请叫我再次行动。

请告诉我对别人说的话，也会回到自己身上。

行笔至此，不知不觉已从深夜变成凌晨，

又从凌晨变成白天，愿你们健康安好。

我们
即使将来有一天会变心，
依然相爱吧！
期待这一次也许谁也不会再改变……

韩剧《比花还美》

对女子而言，少年的爱太沉重
——《春逝》

看起来似乎还会再长高十公分的少年刘智泰，和给人感觉将爱情玩弄于股掌间、十分老练的成熟女子李英爱，要在电影中扮演一对情侣，共谱浪漫爱情故事。一开始听到这个消息的我觉得过于牵强，两人看起来并不怎么般配，果真如我所预料，结局是曲终人散，真是太好了！

此刻的记忆虽已模糊，但在那段为初恋陷入疯狂，犹如感染热病的岁月里，我恰如电影里的尚优，像他一样不懂幽默、不会看人眼色、盲目行事，让人无来由的觉得焦躁烦闷。

至今仍清晰地记得那个画面。下雪的日子里，身上只穿着单薄的运动休闲服，赤裸的脚上套着一双拖鞋，忍不住瑟瑟发抖的我，站在他家窗前，期待着他的出现。

那时我深爱的人就如同恩素一样狠毒，他明明看见我的双脚已经冻僵，却始终未曾让我进入家门，仿佛在说，他已经宣告离别。当时的情况太凄惨，我崩溃大哭到鼻头都泛红。如今回忆起那段过去，也只是一笑了之。

人生在世，那些自以为绝对无法抹去的景象正渐渐地转淡失焦；绝对无法原谅的事情最终仍获得宽恕，然后我们成长为女人或男人。有人将那样的成长称之为“成熟”，亦有人说那是“堕落”。然而，我却只想说它是个“过程”。

在青涩懵懂的年少时期，一天里至少有十二次希望自己快点成为大人，我以为经历过一场轰轰烈烈的恋爱后就会成为女人，并且绝对不会遭遇始乱终弃。现在我才明白那些希望都是不切实际的期待。

人们总是习惯站在自身的立场理解情况。已过了尚优的年纪，和恩素差不多年纪的我，比起尚优，自然而然更能了解恩素。“吃一碗泡面吧！”“要在这里睡一晚再走吗？”面对恩素露骨的言辞诱惑，不解风情的尚优真的以为吃完泡面后就各自睡觉。或许从一开始，尚优的单纯就带给恩素莫大的压力。对于历经风霜、饱尝世事的女子而言，单纯并非是件好事，只有不知道单纯有多么妨碍爱情的人，才会憧憬纯情。大概只有经历过的人，才会相信爱情不是命运或宿命，而是日常生活的延续。对他们来说，单纯会破坏原有的生活秩序，降低爱情的热度。

尚优的单纯妨碍了恩素的日常生活，将爱情沉重的一面表露无遗。当恩素想要再多睡一会儿时，尚优却催促她起床吃自己准备的饭菜；翌日必须要上班，却在破晓时分从首尔赶到江陵，要求恩素等他，给予一个拥抱；在恩素家门前看见她坐上另一个男人的车，当天深夜喝醉酒，突然跑到恩素的家，拍打着铁门要求过夜，之后又在恩素房里号啕大哭。看见这一幕，即使不是恩素，站在第三者的立场，也隐约萌生愠意。只知道自己痛苦，只感到自己疲累，年幼的男人显得自私。

大多数的人会认为恩素没有选择尚优，是因为现实的考虑。尚优薪水微薄，不仅和爸爸及严厉的姑婆住在寒酸的改建房里，还要照顾失智的奶奶，无论是谁，都会认为这是最糟糕的结婚条件。恩素心里应该盘算过，和那样的男人也许可以恋爱，但绝对不能结婚。

我反对这个理由。比起那男人的处境，单纯才是让恩素感到最棘手的麻烦。对于一个已经了解爱不是永恒、产生厌倦感、激情无法持久、经济是最致命压力的女人而言，认为爱情是全部的男人只会让她感到沉重。到了这个年纪，若有一位如同尚优一样询问“爱怎么会变”的男人走向我的话，我必定会像恩素一样毅然地躲开那男人。和一个还认为爱不会变、爱情是人生全部，甚至可以为了爱放弃工作的男人，该如何在充满困境的漫长人生旅程里，一起携手勇往直前呢？恩素和尚优的离别以这样的意义看来，也是件非常庆幸的事。

以连续剧从业者的立场来看，此时韩国电影的大鸣大放其实并不是那么令人乐见的事情，电视剧演员本来就很少了，还接二连三地要转战大银幕。如果祈祷能成真的话，那我由衷地盼望韩国电影能够衰落。

电影《春逝》却让我的祈愿狠狠落空，一个无情的事实打醒了我，连续剧生存的活路不是电影的衰落，而是只有靠着自身不断发展才能延续下去。

人生若能拥有爱与幸福，此生即了无遗憾

创作《没关系，是爱情啊》这部连续剧时，听到最让我心痛的指责就是“令人非常不愉快的作家”这句话。事实上，从我二十年前刚开始提笔写作《世界上最美丽的离别》时，就一直听到这样的批评。

在这部戏中，女主角仁熙（罗文熙饰）因罹患癌症而需要接受手术治疗，她的医生丈夫郑澈在手术室里如同平日工作一样，为她剖开肚子，再将其“缝合”。而当妻子边吐血边抱着马桶，痛哭地询问：“老公，为什么我要遭受这种折磨”时，他也只是仅仅抱了她一下。许多人都认为那一幕实在过于残忍，而我为此曾公开解释。

“那就是我看过的人生！幸运的是，期待没有破灭。”

如今，我再一次重复这句话。这次也是依据我经历过的人生去写（我自我安慰有夸大的话，都只是为了戏剧效果）。我绝对不睡午觉，若是在写作时不小心睡着，就会不断地做

噩梦，同时心跳变得不规律、呼吸困难，然后惊醒。

几个月前，姐姐突然罹患焦虑症，朋友群中也有人得了不同的疾病，像是抑郁症、酒精成瘾、睡眠障碍、饮食障碍、恐慌症、失去家人后的分离焦虑症……

我周围围绕着一群群的患者，比起认为对方是疯子，而自己是正常人，并且四处和别人起冲突的人，我们这群人较不具威胁性，同时又非常豪爽且充满感性，十分有趣。我们不把自己当成是病患，但我们必然懂得接受治疗（治疗地点不一定是医院，只要是能抚慰心灵的地方，无论是山里、海边、寺庙、家里、教堂、教会或学校等皆可）与他人的批评。当然，包括我在内的其他人也会在某一刻有些疯狂，不承认自己的疾病，挣扎着去辩解自己是正常人。但我们也了解那是一种治疗的过程，因此也不会执意要给予纠正。

在创作《没关系，是爱情啊》这部连续剧的过程中，我希望许多人能更宽容、更自在地看待自己和别人的伤痛。我们真正应该警戒并远离的对象，不是连续剧里的精神病患，而是总认为自己是正常的人，自以为十分了解自己和他人的

人，觉得受伤的人是弱者的人，每次都想踩着弱者往上爬而赢取胜利的人。

从事连续剧写作已二十年，每一次创作的时候都想追求新鲜感，却始终毫无新意地一直在原点打转。我想，这是再正常不过的事了吧！所谓人生，就如同父母亲临终前最后所说的，真的没有什么特别。在离开人世前的那一刻，母亲留下的最后一句话是“我爱所有家人”，而父亲的遗言则是“我很幸福，此生已无遗憾”。

即使人生迂回曲折，最后若能拥有爱与幸福的话，真的已无任何遗憾。他们两位让我醒悟，埋怨与嫉妒，欲望、自卑与自责，傲慢与伤痛，这些都只是无谓的情感。相较于他们两位，我学习到更多知识，是个写了一些文章，而且也涉猎哲学和宗教书籍的作家。比起父母亲，关于人生的目的和秘密，我应该要懂得更多、更深。在漫长的岁月里，我也为了生活咬牙硬撑、摸爬滚打，却在近五十岁的年纪，才体悟到他们对人生的见解。

人生，只要有爱，能够得到幸福，此生即了无遗憾。在创作的过程中，我也和从事其他工作的人一样，有时也会遭遇到痛苦和不幸，但最后结束时，我都是怀抱着爱与幸福的。

现在因独自一人而感到寂寞的人啊！
有某个人正为了你，
二十四小时不断地祈祷着。
请好好记住这点，
各位每一刻都
不曾孤单过。

韩剧《没关系，是爱情啊》

不伦恋，是对懦弱者的残忍考验
——《花样年华》

丽珍（张曼玉饰）正在走路，慕云（梁朝伟饰）从另一个方向走了过来，缓慢地与丽珍擦肩而过。明明是极为短暂的一刻，却明显故意放慢了镜头速度。

不需特别注视也能感到，四周皆是一片缓慢。镜头缓慢、他们的步伐缓慢、周遭的空气缓慢、故事的进展缓慢。导演持续呈现出缓慢的画面，不容观众错过任何细节或看得太快。

缓慢的画面，时而给人一种静止画面的错觉。在持续的缓慢里，我们所看到的，除了她和他，再无其他，甚至连狭窄房屋的构造、内部的装潢摆设也不复见。只有男人和女人或站或坐，或是行走的镜头。

曾经，爱情支配了我所有的一切。那段煎熬的日子里，我全身的感官都受他左右，即使他不在身旁，一切仍小心翼翼，仿佛他正注视着我一样。若是在他面前掉了泪，那一整天，在别人面前，我就会不苟言笑，紧闭着双唇静默不语。

当我观看王家卫的《花样年华》时，再度唤醒了我那段日子里简直令人无法忍受的极端敏锐感。我不自觉地一再屏住呼吸，感到口干舌燥，以及心痛。

在爱情里，首先讲求的不是信任与泪水，而是你对另一半持续不断的观察与敏锐感。这份敏锐感与观察会使人感到，时间过得比实际上的时间，更为缓慢，更为漫长。

王家卫点出了这一点。丽珍踩着高跟鞋走在泥泞路上，却没溅起任何水花。两人一前一后走在狭窄的小巷，分明只走了短暂的一刻，全身的感官却拉长了时间感。相信即使慕云低着头，他的目光仍旧盯着丽珍的步伐，纵使不发一语，也能感到前方丽珍的不安。他们仿佛原地踏步般脱离了现实，又如在巷子里走了许久般一身疲惫。即使没有任何台词，只用空气感受；即使没表现出来，只用心神传达，就演活了一切。

短暂的一刻有如永恒般那么长久，这样的经验，在爱情的记忆里随处都能轻易找到。一通普通的电话，他却说到一半停了下来，让人陷入无谓的自责迷宫里，猜想自己是否惹他不开心了，自己并不是故意的啊……那心急如焚的几秒几分里，感觉一定不像只有一瞬间那么短暂。比起谁爱不爱谁、他是否抱了她，我们印象最深的是慕云的烟圈、丽珍的微笑、慕云的白衬衫和油亮的黑发、丽珍的旗袍和纤细手指……所有私人的一切，都是因为王家卫把着眼点放在敏锐感和观察上的缘故。因为，爱情是一己的感受，心里爱的是谁，只有透过他和她自己才有可能知道。

丽珍和慕云外出回来的那天，在车上这么说："可能会被别人看到，我们分开走吧。"慕云没有任何异议地下了车，车子载着丽珍离去。然而在车子离去的巷子口，却没有任何一只在城市中经常可见的猫咪。爱上有夫之妇、爱上有妇之夫，就必须如此般完全远离他人的视线。假如这么在意别人的目光，他们之间绝对不可能没有什么，但在这样的处境下，他们却不断声明自己的清白。

丽珍：“可能会被别人看到。”

慕云：“那又如何？我们之间又没什么。”

这究竟想说明什么地方是清白的呢？他没扑倒她，他们见面没有暧昧，除了逼不得已的情况之外，他们没有独处一间房，即使同在一间房里也没有意乱情迷，绝对不把自己的内心话告诉对方，绝对不向对方说我爱你。

他们究竟想说明什么地方是清白的呢？慕云单独留在办公室里抽烟时，我们都能看出他很明显是在思慕住在隔壁的女人丽珍。丽珍煮了芝麻糊，端了一碗给他时，我们都能看出这并非是一种同情隔壁心碎男人的举动，而是一种思念。如此看来，他们绝不是没有什么。

撩动心弦的单纯悸动，在这个社会是可以被原谅的，他们希望能凭借这样的社会习惯，得到同情——原谅我们吧！

看这部电影的时候，我突然觉得丽珍和慕云的烦恼，实在是太可怜了。明明没人会

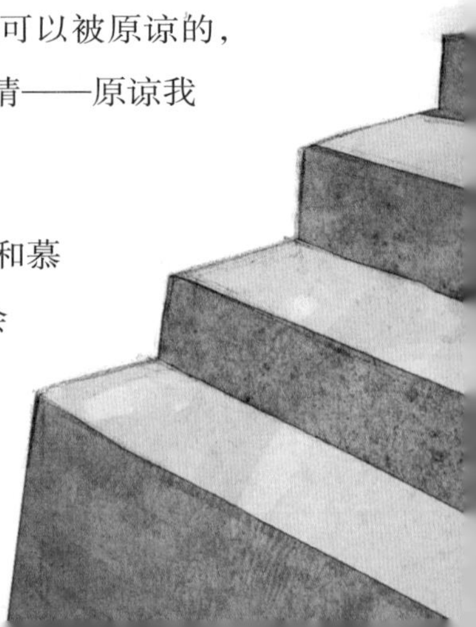

看到，慕云为何不拥抱丽珍呢？明明没人会听到，说一句我爱你又会怎样呢？倘若如同电影末了的字幕所言，岁月是会消逝的，那么在那一刻彼此尽全力表白心意，其实并不会造成任何伤害。

而关于王家卫的解释，我却有不同的见解。若照字幕上的意思，他们看起来似乎抵达了任何人都不可避免的忘川河。因此，有人主张，慕云在吴哥窟对着石洞诉说的秘密是：会忘记的，或许，悲伤也会消逝。若是按照王家卫的字幕来解释，的确有此可能。

然而，我却认为慕云所说的内容，并非是这么有所领悟的话语。慕云特地来到吴哥窟，用手指触摸石洞，再对着洞口诉说秘密，接着尘封起来。究竟他说了什么，现在来推敲一下吧！

在他去吴哥窟不久前，接到一通推断是丽珍打来的电话。明明没有听到丽珍的声音，他却僵住不动，只因为可能是她（别说不是）。

丽珍的情形又如何呢？她回去看旧居时，来到以前那个人住过的房间，仅仅只是打开房门看了一眼，就有泪水在眼眶里打转。悲伤并没有消逝，依旧还在。我认为，慕云的伤痛也依然还在，而他对石洞说的是：“希望不会再痛苦，不会再有这种痛苦。”

俗话说“恶疮要挤干净才会愈合”。即使没有看续集，我也能猜到丽珍的先生和慕云的太太分手了，因为，当他们偷偷摸摸、毫无廉耻地享受爱情时，也把如恶疮般的爱情榨干了。那么慕云和丽珍的情况呢？他们将爱情这颗恶疮深藏心中，任其变成疙瘩留下，因此，他们的爱绝对不会被遗忘。他们之所以会有如此的结果，是因为社会习惯。因为他们和我们一样，都是遵守制度、懦弱平凡的人罢了。我们之所以喜爱丽珍和慕云，也是这个缘故。

即使经过了几年的时间，我仍禁不住热泪盈眶，思索着他们是否还会主张他们是清白的。我恨极了周遭逼迫他们要保持清白的眼光。如果我在他们身边，我定会要他们别再执着于清白，要他们干脆就堕落下去吧！虽然这样的说法正是

世人的偏见，但我依然希望他们能这么做。如此一来，如同恶疮般的爱情，才能全部挤干净后遗忘、真的才有办法遗忘。

我记得当王家卫的前作《春光乍泄》未通过审核被韩国政府禁播，很多人曾针对该片上映的妥当性与不当性做过讨论。当时王家卫也有过一番解释，虽然我不记得详细内容，但大致上是说从严谨的层面来看，这不仅仅只是一部探讨同性恋题材的电影。

但不管它是什么类型的电影，都与我无关，我只是被电影剧情所吸引，才去观赏的。然而，令我困惑的是，究竟是谁让耀辉和宝荣认识的？谁使得他们陷入情网的呢？谁使得他们爱上对方、互相纠缠的呢？谁使得他们拒绝再纠缠下去的呢？如果爱情并非人的力量可以左右，如果他们一开始的相遇并非出自他们的本意，那么，当他们相恋后所承受的痛苦代价，应该全由上天来承担才对。

《花样年华》里丽珍和慕云的悲情恋曲，同样也不该完全由他们来担负责任，上天也必须共同承担才对。因为，丽珍的目光之所以会停留在慕云身上，慕云和丽珍之所以无法在很久以前，两人都还是单身时认识，他们之所以爱上对方，全都是上天的安排。

或许，所有的电影，都是先丢出人类难以承受的难题后，再去寻找解答的一种过程。王家卫在《春光乍泄》和《花样年华》中，全用离别做出了解答。莫非是因为难以承担，所以忽略才是上策吗？若是我，会怎么做呢？我无法得知。只是，宝荣在耀辉离开后，在小小的空房里看着烟盒痛哭的模样，以及丽珍还未真的分手，光是模拟分手情境就哭得像个小孩一样，让我产生了无限怜悯。

因此，我祈求，上天啊！别给人类太过残酷的爱情，请安慰他们，跟他们说他们的痛苦是您的失误所造成，并请原谅他们。

爱上别人的男人，爱上别人的女人，以及所有的不当关系，大多数人都说那种不得不藏起来的爱情，是甜蜜的，是刺激的，是醉人的，掀起了“偷来的苹果比较好吃”的悖论。或许，我在观看《花样年华》之前，同样也期待着能看到那种偷腥带来的刺激感，然而观看电影时，却有一个地方自始至终都

让我感到疑惑，就是他们都不会笑。既然他们都不笑，身为观众的我也笑不出来。

若我没记错的话，当镜头客观地往窗外拉远时，曾出现过丽珍和慕云羞涩微笑的场面，但就只有这么一次。两人都极力抿着唇，一脸的羞怯和尴尬。他们眼中注视的对象只有彼此，却总是放不开，无法开心地大笑，踌躇不前。

所谓的不伦恋，就是如此。在别人面前，在对方面前，总是保持着罪恶感，害怕一个笑容会让人误会在愚弄彼此的爱，因此变得小心翼翼，这就是不伦恋。

购买《花样年华》的原声带专辑，都会随机赠送几张电影剧照。恰好友人有买，所以我向友人索取了剧照，其中有一张吸引了我的目光。那是丽珍和慕云热吻的场面，但我却没在电影中看到这一幕。看来，王家卫拍了这一场戏后，没有剪辑进电影里。我想起了这场吻戏中，丽珍的表情。她紧闭着眼，似乎泪水就快要悲伤地夺眶而出。再进一步想象的话，或许在这一吻后，她会瘫坐下来，泪如雨下。不伦恋夺走了爱情的喜悦，而他们正承受着这样的代价。

在没有被剪掉的一幕里，也可以明确地看到他们如何承受着不伦恋的代价。模拟分手的那天，他们在出租车上，丽珍说：“我今晚不想回家。”这句话的意思，很明显是心爱的女人那晚想投入他的怀抱。然而，看到慕云听了这句话后的眼神了吗？他痛苦地皱着眉头，一脸茫然若失，默默无语。他们是如此痛苦，就算吻着、抱着心爱的人，都无法感到开心。见面即是痛苦，因此，见面后的一切行为，都是痛苦。因不伦恋而痛苦不堪的主角，也可在王家卫的《春光乍泄》中看到。仔细想一下吧！他们除了互相捉弄的场景之外，是否还有其他开怀大笑的画面？

若要我举出一个喜欢王家卫的理由，就是这一点。他的才能并非在于美化不伦恋，而是将他们的痛苦浮出水面，让人投下同情的一票。如果能同情一个人，如果可以那么慈悲，那绝不是坏事。站在丢石头的人身旁，拥抱被石头砸中的人，或许也是电影人和编剧的其中的一个角色吧！

愿爱情不会成为

绊住自由的祸根。

卢熙京

遇见稚嫩却可怜的——我的青春

电视剧《那年冬天风在吹》从企划阶段开始，就陷入困境与混乱。我之所以会接受执笔委托，观看原剧，纯粹是基于对金圭泰导演的尊重。他和我之间的关系是，无论他说什么，我一律都不能说“我不愿意”。因此，我看了。

坦白说，看的时候，从头到尾我都感到很不舒服。另有原剧这一点让我不舒服；日本演员的演技太过精湛，令我激起奇妙的嫉妒心，这一点让我不舒服；我对奇妙又陌生的日本情结无法有所感应，这一点让我不舒服；“老梗电视剧”的刻意设定，这一点让我不舒服。每集四十分钟，我看完 10 集后，脑中浮现的念头是：“还是别接这部戏了吧！”

罹患脑瘤又失明的千金小姐，从出生即被抛弃的牛郎（在《那年冬天风在吹》里是赌徒），崇拜他的牛郎的后辈，再加上为了钱而将脑瘤置之不理的老女管家！

“这剧情也太狗血，太极端了！”

世人在日常生活中所遇到的苦难不知何其多，像这么极端的设定，甚至都不知在一万个人当中，能不能遇上一个，我为何非得写这样的故事不可呢？我下了决心，不写！

然而，也许是缘分，我蓦地浮现出一个念头：“假如这世上真的存在罹患脑瘤、眼睛失明的千金小姐呢？假如一万人当中，真有一号这样的人物，我会对她说什么呢？”

“那不算什么，有人一天要卖命工作二十个小时，你至少很有钱，不是吗？别怨天怨地了。”我可以这样对她说吗？假如我遇到被父母遗弃、初恋又死了的那个牛郎，我究竟能否对他说出这样的话：“笑死人了，只有你最痛苦吗？一切都是借口。振作起来，好好生活！有什么好抱怨的！”真正的混乱，就从此刻开始。

对于母亲、父亲、兄弟姐妹、同事以及和我活在同一时代的平凡人，这些人的辛苦之处，我可以有一定程度的理解，然而对于人生过得有点极端的人物，我会毫不留情地不予理睬，因为我诚实，所以无法理解不诚实；因为我极为守纪律讲规矩，所以无法原谅犯罪行为。因此，被我看着长大的侄儿们，才会说我很可怕、很难相处不是吗？

“虽然我不讨厌阿姨（姑姑），你也没有做错什么，但那样的你，让我们很不自在。”

戏剧即是人生。身为编剧，了解人是首要之务。话虽然这么说，但实际上我的能力是不是很有限，只够去了解那些自己能力所能了解的人？若是如此，我的能力也太狭隘了！实在太老古板了，哪怕只是稍微脱离了自己的衡量标准（明明是我自己的标准，但有时会觉得，这标准似乎指的就是世界的普遍现象），我就连一丁点都无法理解了！

罹患脑瘤的视障者，被父母抛弃又失去初恋的赌徒，假如我真的理解了这样极端的人物，是否会变得更容易理解普罗大众呢？就像世事都是如此一样。我决定写作了，不在乎是否能超越原著。我的目的是，用全身对他们的处境感同身受。在写作期间，比起内容的创作，我花了更多力气在与自身的价值观搏斗上。剧情的纠葛，必须要往极端的方向发展，才能塑造出紧张感，但是在我寻找应当的剧情发展时，其过程有如是一场混战。要么就自我了结生命，为何要觊觎别人的钱财，继而行诈呢？就算得了脑瘤，也应该怀着希望活下去，为何一心求死呢？为何只觉得自己最悲惨，难道他们都不看报纸和新闻吗？为何只执着于他们自己的问题呢？既然爱上了，就勇敢去爱呀！到底还有什么问题让他们如此煎熬呢？

接着，如同发现线索般，我发现了自己已逝的青春岁月。那时的我，的确只感到自己最悲惨——母亲为了生计疲惫不堪，我需要的却是有钱去和朋友们喝一杯，有钱在房里抽上一根烟。那时的我一切都很极端，因此我的人生很戏剧化。离家出走、不断受到死亡的诱惑，有时还试图尝试死亡；愚弄爱情、志得意满，因此我也受了伤，对方也受了伤，那是一段伤痕累累的岁月。极端又戏剧化的人生，我也曾经亲身经历过。假如我没经历过那样的日子，绝对不会有今天的我。现在的我和过去的我，必须不断地进行交谈，才能写出那么一行文字。

在我看来，这部连续剧也不像是出自于四十多岁的编剧之手，比较像二十多岁或三十岁出头的编剧作品，充满无限稚气、热情、生硬感。即使如此，我也不后悔写出这部戏。因为，我与我稚嫩却可怜的青春，久别重逢了。

一个人能为另一个人做的，
不是原谅，
而是安慰。

韩剧《那年冬天风在吹》

电视剧
非得
有趣不可吗？

人们对于身为编剧作家的我，有诸多不满。他们的不满，大部分都有理由。

“卢熙京的戏让人觉得头痛、很无趣、不够大众化、没有票房。”

话说得没错，我有同感。但我为何无法听从他们的评论呢？因为我的戏剧观与他们不同。

人们常认为电视剧是大众的娱乐节目，必须要具有趣味性，看完后即使忘了，至少会记得，这是一部好作品。当然，的确有可能会这样。但是，也有可能不会这样。不仅仅是观众，我甚至想问问其他作家，为何会有那样的想法？为何电视剧非得轻松不可？有谁敢说那就是电视剧存在的理由？我敢断言，那是偏见。

电视剧有可能不属于大众，而属于少数人；有可能不是娱乐的时间，而是苦恼的时间；有可能具有的不是一次性，而是永久性。

不久前，一位长者给了我一本短篇日剧剧本集。由于我对日剧有很大的偏见，因此只是把这本书丢在一旁而已。接着某一天，我为了打发闲暇时间而把这本书拿起来翻阅。要怎么形容我当时的感受呢？我感到兴奋的电流穿过全身。上头所记载的文字内容，大大脱离了我们一般所能想到戏剧范畴——具有严肃的哲学。他们在流行剧、动作剧、喜剧、情欲剧之间，还纳入了哲学。举例来说，就像是电影《鳗鱼》里的“空即是色，色即是空”的问题。

那么，韩国又是如何呢？虽然不是全部如此，但大部分的电视剧都只以流行剧和喜剧为导向，甚至充斥着似曾见过、听过的内容，而非是自己的独家创作。若要解读“作家”这个词，意思是“制作的人”。换句话说，是“创作者”的意思。如果不进行创作，就不是作家。“效仿”别人的故事，这行为等同于是“剽窃”，因此，偷来的电视剧，算不上是电视剧，而是相当于小偷的赃物。

我一直认为，没有哪国的观众像韩国的观众一样，遭受到这么可怜的对待了。编剧和电视台都很蔑视他们，他们这么评论观众：“观众的水平只有小学高年级到中学一二年级。他们喜欢喜剧，就算给他们看同样的故事，他们也察觉不出来，真是傻瓜。绝对不要逼迫他们看有深度的戏。让他们笑三分钟，再随便给他们三分钟感人的内容就好。由于追求梦想的人很多，因此灰姑娘、小甜甜之类的角色是必不可缺的。”我无法忍受我的兄弟姐妹、我的朋友、甚至是我自己，遭受到这样的对待。

偶尔，我会接到出版社来电。他们都会如此向我阿谀逢迎：“因为我们觉得你也有那个能力写小说……”说得好像小说的地位在戏剧之上，一副我可以位列小说作者等级的口吻。于是我会在对方话音未落之前，提高音调回答：“我是编写剧本的作家，所以我没有写小说的打算。”

然后我就把电话挂了。

真正的民主主义，是能够接受多样化的社会。这么看来，在韩国的戏剧圈里，并没有民主主义！因为一直以来，我都被要求要写得像别人一样有趣。很抱歉，容我谢绝，我想当一个追求多样化戏剧的作家。因此，如果可以稍微动摇已呈现统一化的戏剧结构，我要走我的道。但是，我相信这次的原稿，仍会让我挨骂。挑战零收视率的编剧？搞不好会丢了饭碗。

·十年后的故事·

读着前面的内容，我冒出了冷汗。十年前的我，竟然有如此危险的想法，读来都不禁感到口干舌燥。这篇文章已在网络上四处转载，若是被我的学生们（应该说是后辈才对）看到，不晓得会让他们感到多么迷茫混乱，我甚至希望趁着出书的机会，把这篇文章完全删除，装作自己从来不曾说过这样的话。

但是，我又想到我不能这么做。任何人曾经都有过愚蠢的想法，曾经都在岁月流逝、有了新经历后，才领悟到自己

当时是多么愚蠢。我认为能告诉别人“我也曾经如此”，是很重要的事。

近来我虽然不认为电视剧必得轻松不可，却同意轻松点比较好。我在写下前述文章的当时，将“轻松”错认为是“缺乏深度”。“轻松”的反义词是“沉重”，“深度”的反义词是“肤浅”，但我却将“轻松”的反义词误认为是“深度”，把“沉重”和“深度”误认为是同义词，才会发生这样的插曲。关于“电视剧是否非得有趣不可”这个问题，最近我也有了不同于以往的看法——电视剧一定要有趣才行。何必硬要在这个无趣的世界，写些无趣的东西呢？

当然，趣味也分很多种类：悲伤类的趣味、病痛类的趣味、惆怅类的趣味、学习类的趣味……若是大人，不，就算是青少年，也都明白所谓的趣味，不只是指咯咯大笑的内容。

写下前述之文的当下，我也是这么认为的，但可能太过激昂（前述之文撰于《谎言》快要结束之际，当时我认为自己很洁身自重，如今回头一看，虽然事实令人伤心，但那时的我真的太骄傲自满了，到了现在我才有办法承认），于是没能说出原本想说的话，反而胡说一通。

接到小说邀约的事也一样，我明白自己不应该那样说话，这对约稿者是失礼之举，我应该这么说：“谢谢，但是我更喜欢写电视剧。”我是有什么了不起的，竟然对诚心向我提出邀请的人发脾气？真是令人无语。

大骂“效仿”是“偷窃”的部分，我也必须道歉。我们都会把某个人当成效仿的对象，我花费苦心想效仿我的母亲，也费尽心力想效仿我所尊敬的僧人。

模仿是创作之母，这句话岂会是凭空出现的吗？我不能说模仿是坏事，只要针对“模仿作和剽窃的差异”做评论即可。

所谓“模仿作”，是指模仿外在，但作家注入了新的诠释；“剽窃”则是作家没有新的诠释，目的只在于抄袭。无论是重新诠释还是抄袭，都是作家自己的事，无好坏可言。只是，抄袭就会被贴上抄袭作家的标签，大部分的抄袭作家都会被剥夺作家的资格，因此他们既然要抄袭，就必须甘愿接受这样的后果。

人们近来同样会对我说：“像别人一样写得有趣一点。”但我不会再像以前那般大吼着拒绝，只说“我会学习”。因为我察觉到，若我有什么优点，在这样的情况下还能向别人学习优点，这样的态度比执着于自己的优点更为珍贵。

为了谁？为了我。

时光流逝，再回头去看我以前的文章，其滋味真苦。我感到羞愧，有时也会产生无谓的怜悯。

“原来我以前那么脆弱，因为脆弱愚蠢，才使我日子过得那么辛苦。”即使如此，我能从中明白“原来想法会变、人会变、心会变、全都会变”的道理，真的是一件很棒的事。等十年后我再来看这篇文章，不知又会有什么感受了。

令人期待。

请不要因为害怕，

连此时这一刻也要

愚蠢放弃。

我最近，最幸福了。

因为有你……

韩剧《我们真的相爱吗》